U0079821

科學破案少女 重案版 2

無所遁形的實證

Science × Detective

陳偉民——著　LONLON——繪

作者序

想起彼當時

《大家來破案》專欄前後共集結出版了六本書，最後兩本以《科學破案少女》為名，插畫風格活潑，令人耳目一新，幼獅出版社決定將前四本改版，修訂成科學破案少女的風格，重新出版。

這對我來說，當然是個好消息，便將舊的書稿重新拿出來回味一番。因是多年舊稿，閱讀之際，前塵往事一一浮現，彷彿又把自己人生中最輝煌的日子又活了一遍。我不禁思考，如果沒有走上科普寫作這條路，我會擁有什麼樣的人生？我不知道，但是那就不是我了。

我自幼愛讀書，有書就讀，不加篩選。國中時，舅舅家有三民書局的叢書，我暑假去，從第一本讀起，一個暑假可讀幾十冊。後來外公從事資源回收，收到的舊書，我也是搶先看。當時也不知為什麼要看這些雜七雜八的書，就只是愛看而已，但是日後這些看似不相干的內容，自己發生化學變化，形塑了我。

擔任國中教師時，有個電視影集叫「百戰天龍馬蓋先」，用科學知識化險爲夷，深受學生喜愛，因此學生常要我在課堂上講解其中原理。別班學生得知後，也在走廊「堵」我，因爲他們的老師不但不肯講解，還要他們少看電視。我被學生包圍的畫面看在國文科林繼生老師（後來擔任武陵高中校長，現爲六和高中校長）眼裡，便要我把講解的內容寫出來，刊登在他主編的《青年世紀》。我不肯寫現有的東西，我要自己創作一系列用科學解決困境的故事，就這樣走上了科普寫作之路。

前述專欄的文章，後來經林繼生老師引介，由幼獅公司出版，名爲《智多星出擊Ⅰ、Ⅱ》，這是我與幼獅公司結緣的開始。

因爲這兩本書的出版，引起當時臺北市中山國中周麗玉校長的注意，邀我加入國立編譯館的教科書編寫團隊，參與理化課本的撰寫。初稿完成之後，接受各界專家批評，其中吳嘉麗教授即指出，書中所有科學家均爲男性，連插圖中之教師與學生亦爲男性，如此書籍將給予女生錯誤觀念，以爲科學是男生的專利。我雖自認沒有重男輕女的觀念，然而檢視全書，確實如吳教授所言，完全是男性觀點。於是痛改前非，在課本第一頁就放女科學家吳健雄博士的照片，並介紹其成就。同時找來國中女生，重拍所有實驗照片，最後讓全書中女性出現的次數略多於男生。

後來動畫《名偵探柯南》大受歡迎，我體認到偵探故事可以是介紹科學的媒介，因而開設「大家來破案」專欄，同時放棄老男人，改以高中女生爲主角，明雪就這樣誕生了。

如果各篇文章以寫作時間排序，可以看出早期的章篇，如《靈光乍現的線索》中的案件一〈池畔屍體旁的白色沉澱〉、案件二〈火災廢墟中的發光痕跡〉、案件三〈染血的白色舞衣〉等篇都涉及命案。因而有人質疑「給小孩子看的文章，出現那麼多屍體好嗎？」所以後期的作品就放下屠刀，留給裡面的角色一條生路，就算被刺殺，也都救得活。有時我還滿羨慕柯南，他幾乎每一集都可以說：「凶手就在我們之中」。

明雪的父親是化學老師，明雪和明安分別是高中生及小學生，所以故事中多次提及教學現場與實驗活動，目的是提供破案的背景知識。那些場景大多眞實發生在我的學生身上，例如前述「池畔屍體旁的白色沉澱」案件中，描寫明雪配製硝酸銀溶液，未戴手套，未用蒸餾水，而是使用自來水，結果手上出現一大塊汙漬，而且配出來的溶液混濁，必須重配。這都是我在高中擔任化學老師時眞實發生的事，我服務的學校，實驗室裡並沒有職工代老師配製實驗用藥品，老師忙不過來的情況，只好找學生幫忙，誰知學生偷懶，未照老師叮囑去做，才會出現又好氣又好笑的情況。現在重讀此篇，雖然已經是大約二十年前發生的事，卻仍歷歷在目，該名學生的面容表情，我都還清晰記得。

我想，這就是寫作者的特權吧！他可以把人生中的某一刻凝鑄成永遠。

陳偉民　謹識

二〇二三年八月三十日

人物介紹

明雪

高中女生，喜歡科學，是學校化學研習社的社長。經常用科學知識協助警方辦案，希望將來長大後能成為法醫或鑑識專家。

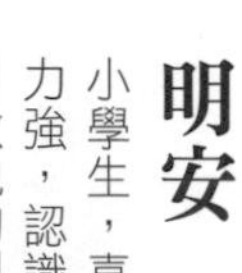

明安

小學生，喜歡打棒球，愛吃鬼。觀察力強，認識各種廠牌的汽車，經常利用敏銳的觀察力提供警方破案線索。

李雄
刑事組長，體格壯碩，和陳義志是同學。重視明雪和明安的意見，經常因此破案。
魏柏
私家偵探，武術高手，有時候與保險公司合作，偵辦詐領保險金案件。
張倩
鑑識專家，配合李雄辦案。經常提供鑑識專業知識供明雪參考，有時也會讓明雪動手做一些簡單的檢驗工作。

媽媽

在銀行上班的職業婦女，對辦案沒興趣，只希望全家人平安。

爸爸

本名為陳義志，高中化學老師。明雪在辦案過程中，如果有化學問題，會向爸爸請教。

歐麗拉

明安的同學。臺美混血兒，父親為臺灣人，母親為美國人。本來居住美國，因父親返臺經商而隨之回臺灣。父親在商場競爭，得罪不少人，因此多次陷入險境。

黃惠寧

明雪的同學。粗線條之大姐大，擔任班長，常率領班上同學出遊，凡事衝第一，愛表現，也常鬧出令人啼笑皆非的笑話。

賴奇錚

明雪的同學。父親曾為將軍，退役後經商，現已退休。奇錚本人為大近視眼，沉迷網路，因而多次惹上麻煩。不過，與同學出遊時，會挺身而出，保護女生。

目錄

GPS緝凶關鍵——銀汞齊

這個週休二日，阿嬤要參加進香團，到數間廟宇參拜。爸爸不放心阿嬤一個人出門，便指定要明雪陪同。

整個行程由旅行社承辦，派出一名女性職員擔任領隊。因為整團都是老人家，只有領隊和明雪是年輕人，她們通力合作，細心照料全團。遊覽車上點唱的都是老歌，明雪只能一路睡覺；幸好沿途停靠的幾個景點都滿不錯的，所以在車上睡飽後，她就可以精神奕奕的觀賞風景了。

週六下午，進香團來到屏東車城福安宮。據說這是全臺最大的土地公廟，其中最出名的，要算它的「神明點鈔機」——只要把金紙放在爐口，就會一張一張被吸進裡面；但廟方不允許民眾自己放金紙，香客只能擺在供桌上，由廟方人員代燒。

明雪對這個現象最感興趣，她在爐旁看了老半天，甚至想把頭伸進裡面一探究竟。進香團裡的何爺爺買了很多金紙，見明雪在金爐前後探頭探腦，就開口相勸：「小妹妹，不要站那麼近，會被爐火燙到！」

明雪好奇的問：「何爺爺，你為什麼要燒那麼多金紙？」

「妳不知道啦！神明保佑我賺大錢，我是來還願的。」何爺爺虔誠的說。

相信萬事皆可用科學解釋的明雪，只好笑笑的走到一邊去。

參拜完畢後，晚上全團投宿在墾丁青年活動中心，這是漢寶德先生設計的閩南式建築，相當古樸典雅。

晚餐後，何爺爺突然叫牙疼，領隊教他用鹽水漱口，看看情況是否好轉。但過了一會兒，他又開始喊疼，領隊考量狀況後，只好拜託明雪：「墾丁沒有牙醫診所，何爺爺必須到恆春就診。但依照行程，今晚團員要搭遊覽車到社頂公園觀星，我走不開。可否麻煩妳陪何爺爺搭計程車到恆春就醫？」

社頂公園因為全無光害，都市裡看不到的星星，在社頂的天空都顯得特別明亮，是個讓人期待的行程；但明雪曾跟著天文臺的科學營到那兒觀星，眼前的領隊又是如此為難，所以一口答應：「好！反正社頂我去過了。我送何爺爺去看牙醫，我阿嬤就麻煩妳關照。」

領隊聞言，露出一抹感激微笑。接著，領隊就陪明雪跟阿嬤說明情況，要她「出借」孫女，阿嬤也爽快應允。

活動中心的員工趕忙叫來計程車，載他們到牙醫診所。

美麗的女牙醫幫何爺爺看完診後，笑著說：「沒什麼要緊。何爺爺多年前用銀粉補過幾顆牙，如今其中一顆因多年磨損，再度出現牙洞，菜渣掉進去，引起發炎。我先幫他消炎止痛，暫時把牙洞補起來……你們是來旅行的吧？接下來的行程可以繼續，等回家再找牙醫做根本治療。」

「銀粉？是銀和水銀混合成的銀汞齊（ㄍㄨㄥˇ ㄑㄧˊ，汞與其他金屬的合金）吧？」明雪好奇發問。

牙醫點頭：「沒錯，一般人都稱為銀粉。」

「水銀不是有毒嗎？怎麼可以放進嘴巴？」此時明雪發揮打破砂鍋問到底的精神提問。

牙醫耐心解釋：「我們每天咀嚼食物時，牙齒承受很大的摩擦力，尤其是臼齒。銀汞齊強度夠，可支撐十年以上，所以用來作為補牙材料，已有幾百年的歷史了。」

明雪不解：「難道沒有其他安全又耐磨的材料嗎？」

牙醫笑答：「當然有，像樹脂即為一例。不過有些牙醫嫌它不如銀汞齊牢固，所以目前兩種材料都有人用。等何爺爺回到家，再由住所附近的牙醫評估，究竟要採用哪種材料填補牙洞。」

回程中，何爺爺的牙齒不痛了，心情變好，一路上談笑風生，大聲與明雪分享致富之道：「我年輕時做生意賺了不少錢，退休後就把店面交給兒子經營。我也借錢給很多人，光靠利息就夠我遊山玩水了！」

何爺爺的話中有些生意上的術語，明雪聽不懂，只能勸他：「何爺爺，人家說錢不露白，別隨便告訴他人你很有錢，會引來危險的！」

他笑了笑，從口袋拿出一個銀白色的橢圓形小電器，看起來很像手機，但沒有數字鍵，也沒有液晶螢幕：「我才不怕！我兒子何賢買了GPS個人追蹤監聽器給我，若有壞人想綁架我，只要按下這個鍵，他立刻就可以監聽到我說的話，還能知道我的位置。」

「如果你被綁架時，來不及按下監聽鍵呢？」明雪的腦筋又開始轉了起來，設想各種情形。

何爺爺放聲大笑：「那也沒關係！兒子若發現我失蹤，可以從他的手機撥出號碼，監聽及鎖定我的位置。」

明雪第一次看到這種高科技產品，不禁好奇的借來把玩一番，了解各項功能後就還給何爺爺。

何爺爺興致很高，堅持要示範一次給她看。他按下第一個按鈕，果然立刻和兒子的手機通話。他簡單向何賢說明自己牙疼，並提及明雪好心送他到鎮上就醫之事。

因為何爺爺使用擴音功能，明雪可以直接和何賢對話，待雙方客氣打過招呼，車子已抵達活動中心。進香團成員正好結束社頂觀星行程，大家看到何爺爺的牙齒不痛了，心中大石才放下來。

星期天早上行程是到佳洛水玩。領隊在停車場宣布自由活動，依個人體力決定要走多遠，約定兩小時後上車。

明雪陪阿嬤沿著海邊走了一小段路，佳洛水海天一色的美景，讓她的心情放鬆不少。但到了上車時間，卻不見何爺爺身影，大夥兒又等了半個小時，領隊也下車沿著海邊找，但毫無所獲。因為到了中餐時間，領隊怕團員經不起餓，只好請司機先載大家到餐廳，同時向當地警方報案，也趕緊通知當初幫何爺爺報名進香團的何賢。

聽著領隊和何賢說明情況，明雪突然想起他身上有GPS個人追蹤監聽器，就要求與何賢直接通話：「何先生，我是昨晚才和你講過電話的明雪……對，你快啟動追蹤監聽器，看看何爺爺人在何處？」

何賢可能驟然聽到壞消息，一時慌了手腳，此時經她提醒，如夢初醒：「好！我立刻監聽，有消息馬上通知妳！妳的手機號碼是？」

明雪快速念了一串數字，接著掛斷電話，耐心等待。

十五分鐘後，她接到何賢的電話：「明雪，我只監聽到一小段，爸爸與人邊用餐邊說話，還抱怨筷子碰到牙齒會又酸又麻。接著，他又向人炫耀追蹤監聽器，結果一陣嘈雜聲，訊號就中斷了……」

明雪有點疑惑：「是你主動監聽，而非何爺爺按下監聽鍵？」

何賢沉吟了一會兒：「對，我想可能是爸爸認識的人，所以他不認為是綁架，否則，他早該按下監聽鍵通知我了。」

「何爺爺最後發出信號的地點在哪兒？」明雪問。

何賢據實以報：「嗯……監聽器發出的簡訊顯示，發話地點在恆春鎮恆南路，而且在我監聽的那幾分鐘裡，都沒有移動。」

「知道恆南路幾號嗎？」明雪追問。

何賢苦笑：「這機器沒辦法鎖定那麼詳細的位置……」

這時，屏東警方已派員來到餐廳，詢問案發經過，明雪趕忙把目前掌握的訊息告訴警察。

因為警方不清楚何爺爺的長相，加上領隊得照顧團員，警員就請明雪協助尋找何爺爺下落。待向阿嬤說明後，明雪才坐上警車，一起前往恆南路。

到了恆南路，明雪發現這條路滿長的，要從何找起呢？她思考了一會兒，提出建議：「我們先從附有餐廳的大飯店找起吧！」

警員們疑惑的望向她：「為什麼？」

明雪解釋：「雖然何爺爺未按下監聽鍵，但帶走他的人一定不懷好意，否則應該先跟進香團成員打聲招呼才對，所以他們不可能帶何爺爺到公開場合。我聽爸爸說過，大飯店的房間可由停車場直接搭電梯抵達，所以我認為，它就是藏匿人質的最佳地點；加上何賢說他聽到父親正在用餐……為爭取時效，我們應從附有餐廳的大飯店著手。」

警察對這個小女孩的精密推論嘖嘖稱奇：「小妹妹，妳還不錯嘛！這樣的話……範圍就縮小到七間大飯店了。」查詢過相關資料後，警方漸漸鎖定可能的搜尋範圍。

明雪回了個「謝謝稱讚」的微笑：「接著，再鎖定餐廳使用金屬筷的大飯店。」

「為什麼？」這次連負責開車的警察，都訝異的回過頭來詢問。

明雪緩緩道出推論：「何爺爺有好幾顆牙都用銀粉補過，當金屬筷接觸到銀粉時，不同金屬間會產生微弱電流，原理就像伏打電池一樣。電流雖微弱，仍會使人覺得牙齒又酸又麻。」

開車的員警點點頭：「我在恆春服務十幾年了，這條街上的每間餐廳都去過，我知道七家飯店中哪間使用金屬筷！」

警車很快駛進其中一家大飯店，警察詢問櫃臺人員：「剛才有沒有一位老人叫餐飲進房間？」

「今天是假日，很多房間都點了午餐，但沒看到老人……不過，剛有一位年輕男子訂房及點餐，然後又匆匆退房，清潔人員才剛要進去打掃。」服務生一看到警察前來，知道必定有事發生，趕緊回報異狀。

明雪和員警交換了眼神，急忙趕往那間房，把正開始要打掃的清潔工請出門外，聯絡鑑識人員前來蒐證。

這時，明雪看見房內的餐桌上，有吃了一半的飯菜及三雙不鏽鋼筷，地上則撒落數顆乾電池：「就是這裡沒錯！當何爺爺炫耀追蹤監聽器時，歹徒知道行跡敗露，就把電池拔出，然後立刻帶他離開……難怪訊號中斷，何賢無法繼續追蹤！」

在此同時，留守樓下的警察要求飯店提供地下停車場監視器畫面，果然發現兩名歹徒押著老人搭電梯直接下樓，到停車場開車離開，難怪櫃臺服務生從頭到尾都沒見到老人。

當明雪一行人回到樓下時，留在櫃臺的警員興奮宣布：「我從監視器畫面查到車號了！已通知總部封鎖道路，準備逮人！」

不久，歹徒在屏鵝公路落網。

原來，他曾向何爺爺借錢，因為積欠金額太大，還不出來，就心生歹念，認為只要何爺爺死了，這筆錢就不必歸還。幾經打探後，他聽說何爺爺參加進香團，就找來一名同夥，跟蹤遊覽車到佳洛水，等待何爺爺落單。接著，他出面邀請何

就是這裡沒錯！
當何爺爺炫耀
追蹤監聽器時，
歹徒知道行跡敗露，
就把電池拔出，
立刻帶他離開……
難怪訊號中斷，
何賢無法繼續追蹤！

爺爺到大飯店吃飯，還向何爺爺再借一筆錢——待錢到手、殺害何爺爺後，除了原來的債不用還，又能大賺一筆！

由於歹徒與何爺爺本就相識，所以他不認為自己被綁架，直到歹徒搶走監聽器拔除電池，他才知道對方不懷好意，但已遭人控制，身不由己。幸好明雪推論正確，和屏東警方聯手，及時查到歹徒行蹤，他才能平安獲救。

1 2 3 4 5

旅遊結束，明雪和阿嬤回到溫暖的家。

爸爸問阿嬤：「明雪有沒有好好照顧妳？」

阿嬤笑看明雪一眼，調皮的說：「沒有，她都『趴趴走』，我常常找不到她！」

爸爸深知自己的母親正在開玩笑，但仍然配合演出，故意用責怪的眼神看著明雪。

不知所以的明雪急著辯解：「哪有！我每次離開阿嬤時，都有交代領隊幫我照顧她……」接著，她就把在福安宮和何爺爺交談，送他去看牙醫，及如何幫助警察救回他的過程全都詳述一番。

明安聽得入神，不過他只對神明點鈔機感興趣：「為什麼福安宮的金爐，會把金紙一張張吸進去呢？」

「關於這點，我一直到回程時才想通。金爐內燃燒紙錢時，會產生上升氣流，從排氣口出去。所謂有出就有進，因此外界空氣會再由爐口進入，也帶動金紙自動飛入爐中。」明雪完全忘記剛才仍緊張解釋「丟下阿嬤」事件，開心和弟弟分享自己的大發現！

篤信神明顯靈的阿嬤大聲反駁：「胡說！那其他地方的金爐怎麼就不會吸金

紙呢？」

明雪努力解釋：「有哇！我們燒金紙時，常會發現紙錢飛舞，只不過其他廟宇的金爐有數個爐口，而福安宮的金紙因為由廟方派專人代燒，所以只打開一個爐口，對流現象更為明顯。只要有心設計，爐口小而少，上面的排氣口大而直，就會出現這個現象！」

阿嬤仍喃喃自語：「我還是相信那是神明顯靈……」

爸爸笑著對明雪說：「阿嬤對妳越來越不滿了！」

明雪尷尬的吐了吐舌頭，趕緊拎著行李，溜進自己的房間。

科學破案百科

水銀（也就是汞）是種銀白色液體，因為表面張力大，不會黏附玻璃，加上遇熱時，體積膨脹均勻，因此能做成溫度計。水銀在約 -39°C時，凝固成柔軟固體，且能與大多數金屬形成汞齊合金。

水銀本身導電性好，適用於密封的電器開關和繼電器中；因密度高和蒸汽壓低的特性，所以常可見於氣壓計和壓力計；在電子、塑膠、儀器、農藥等工業裡，水銀及其化合物更常被用來作為原料或催化劑！

如此看來，汞像不像個令人讚嘆的千面女郎呢？

案件 2

1萬5千赫茲高頻詐保案

國文老師正在講臺忘情吟著古詩。他今天刻意換上唐裝、手持扇子，一邊吟詩，一邊搖扇，配上滿頭白髮，真是仙風道骨。明雪和同學們都帶著微笑，聚精會神欣賞老師抑揚頓挫的吟唱。

突然，一陣刺耳聲響起，班上同學回頭尋找來源。只見坐在最後一排的惠寧左手抓著行動電話，右手食指則放在脣邊，示意同學別大驚小怪，快回過頭繼續聽課。

明雪瞄了老師一眼，只見他仍閉目誦唱詩句，好像陶醉在自己的吟哦中，根本沒聽到手機聲。

下課後，同學把惠寧團團圍住，七嘴八舌發問：

「為什麼妳的手機要選那麼難聽的鈴聲？」

「好尖、好刺耳喔……」

「為何全班都察覺了，只有老師沒聽到？」

惠寧得意的為大家解惑：「你們不知道嗎？這是最近在歐美廣泛流行的『蚊子鈴聲』——只有年輕人能聽到，中、老年人無法察覺！」

怎知她的答案未讓同學滿意，反而引起更多問題：

「啊？這麼神奇！哪裡可以買到？」

「物理老師不是說，人類能感受到的音頻範圍是二十至兩萬赫茲（Hz）嗎？難道年輕人和老年人能聽到的頻率也不一樣？」

惠寧被纏得不耐煩了，粗聲回答：「不知道啦！反正我是從網路下載的。上課時我會切換到蚊子鈴聲，一旦手機響，就趕快按掉，然後用簡訊和朋友聯絡，這樣就不會因為接電話而被老師處罰！」

「妳切換成振動模式，放在貼身口袋，就可以隨時知道有來電，又不會驚動別人，不是更好嗎？」明雪不解的問。

惠寧露出神祕笑容：「我正在試驗最新的作弊方式啦！如果班上的高手寫完題目後率先交卷，在教室外打手機，每題都撥一通電話──若只響一聲，答案就是A；響兩聲的話則是B……依此類推。反正老師聽不到，這樣一來，全班都可以高分過關啦！」

正直的明雪大聲斥責：「妳怎麼會這樣想！首先，考試帶手機，該科以零分計算，難道妳不知道嗎？其次，若妳公然作弊，我會去檢舉的！」

惠寧沒想到明雪會這麼生氣，只好吐了吐舌頭，撒起嬌來：「我開玩笑的啦！幹嘛那麼凶？」

明雪搖搖頭，惠寧是班上最調皮的女生，人雖然不算壞，但鬼點子特多──

看來，自己得多注意她的行為。

下一堂剛好是物理課，有同學好奇的問老師，年輕人和老年人能聽到的音頻是否不同？

物理老師為大家解惑：「年紀大的人因聽力受損，有老年性耳聾，無法察覺高頻聲音。但日常交談不受影響，因為一般人說話的頻率大約只有八十五至兩百五十五赫茲左右。」

看同學聽得津津有味，她欲罷不能：「英國有家保全公司利用此原理，製造『青少年超音波驅逐器』。因為當地許多便利商店門口，常聚集一些無所事事的年輕人，既不購物又大聲喧譁，使一般顧客不敢上門；自從裝上超音波驅逐器後，它會發出約一萬四千四百至一萬七千赫茲的高頻刺耳聲，使他們不想逗留在商店門口，但年紀較大的顧客根本聽不到，所以生意不受影響。」

這時，惠寧指著物理小老師說：「老師，奇錚每次到速食店，點一杯可樂就在那裡K書二、三個小時。應該建議店長也裝設一臺，趕走他這種『奧客』啦！」

奇錚打了惠寧一下，惹得全班哄堂大笑。老師制止打鬧中的兩人，宣布停止這個話題。接著，她回頭在黑板上寫下今天的課程內容。

這時，惠寧的手機又發出尖銳的聲音，她迅速把它關掉。

沒想到，老師立即回頭質問：「誰的手機發出的聲音？自己到教室後面罰站三分鐘！」

惠寧皺眉大喊：「老師，你怎麼聽得到蚊子鈴聲？老年人應該聽不到才對啊！」

物理老師又好氣又好笑：「我今年才二十七歲，妳就說我是老年人？罰站延長為三十分鐘！」

惠寧委屈的癟嘴，全班又是一陣哄堂大笑。

當晚，明雪因為寫物理作業，很晚才上床睡覺。好夢正酣時，她卻被消防車嗚笛聲吵醒。

起床探看，窗前一片紅光，人聲沸騰——原來是隔街的電器行發生火災。經消防隊搶救，火勢逐漸受到控制；但鄰居們仍議論紛紛，擔心屋主邱輝、他的獨子小合及房客翁老先生的安危。

天微亮時，屋子雖全被燒燬，但聽說邱輝外出，且七歲的小合和翁老先生都逃了出來，只受到輕微嗆傷，已送至醫院檢查，鄰居們這才放心的回家睡覺。

早上七點，明雪吃過早餐後就步行上學。路過火災現場，消防隊已在屋子四周拉起警戒線，禁止民眾進入，等待鑑識人員調查起火原因。由於她參與過數次刑案現場勘察，已累積出一些心得，因此對此次意外也感到十分好奇。

正在思考火災可能發生的原因時，明雪無意間低頭看到手錶——七點半！她跳了起來，三步併成兩步，匆匆往學校走去。想歸想，還是上課要緊！

放學時，明雪又經過火災現場，卻發現魏柏背著相機，由警員陪同，走出封鎖線。她急忙上前打招呼：「魏大哥，好久不見！你的傷勢恢復了嗎？」

魏柏是私家偵探，因為在無意間搭救過明安，所以成為明雪一家人的好朋友。不久前，魏柏才因一樁委託案而受傷。

魏柏乍見明雪，有點吃驚，但仍笑著回覆：「完全好了，所以現在又出來工作啦！」

聊了幾句後，明雪邀他到家裡坐坐，魏柏也欣然同意。

到家後，媽媽倒了一杯熱茶給魏柏，隨口問起：「這次火災怎會由你調查？」

「這家電器行投保巨額火險，保險公司當然要調查有沒有可能是自己縱火，以詐領保險金。因為我和那家公司簽有合約，所以他們委託我調查。」魏柏說明來龍去脈。

媽媽皺眉輕呼：「這場大火真可怕！還好小合逃出來了。這孩子善良又聰明，鄰居都很疼他。」

明雪好奇的個性又蠢蠢欲動：「調查結束了嗎？為什麼起火？」

魏柏欲言又止：「呃……調查還沒結束。但根據消防局火災調查科的初步勘驗，起火原因頗為可疑。」

明雪追問：「怎麼說？」

魏柏本來不願多談，但因為明雪在前次刑案推理上有驚人表現，幫他找到可疑線索，讓追殺的凶手現身，可說是欠她一次恩情。

於是轉念一想，聽聽她的意見，說不定對釐清案情有幫助：「起火點有些燒燬的電器。本來我們認為是電線走火，但後來化驗出有汽油的痕跡，所以懷疑屋主自己縱火，詐領保險金……」

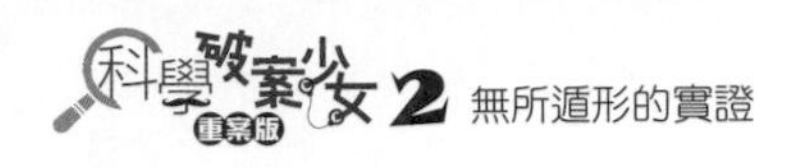

「不可能！」媽媽反駁，「邱先生很疼小合，要是他存心縱火，絕不忍心把孩子留在家中。他的電器行生意本來不錯，雖然自從兩年前和太太離婚後，就染上酗酒惡習，三更半夜還在外面流連；再加上白天完全無心經營，導致生意一落千丈。在不得已的情況下，幾個月前把房間分租給翁老先生，增加收入。」

魏柏點點頭：「據他自己說，昨晚是等小合睡著後才外出。火災發生時，他正和朋友在喝酒，很多人都可以作證。」

媽媽附和：「對啊！即使他天天酗酒，但對兒子還是很照顧，不會這麼沒良心啦！」

「若真是如此，我們就得再尋找其他縱火嫌犯了……不過，現場燒燬的電器殘骸分散在兩個角落，其中一角是定時器及驅蚊器，另一邊也同樣有定時器及電熱器，而且還有汽油痕跡。此種布置一定有用意，我還在思考該如何解釋？」魏柏說明目前掌握到的證據。

明雪沉思了一會兒：「魏大哥，你有沒有問過小合，昨晚他在睡夢中，怎麼知道要起床逃命？」

「問過了，他說被一種奇怪的聲音吵醒，但說不出那是什麼聲音；而翁老先生則不記得火災前有任何噪音，他一直處於熟睡狀態，是小合敲他房門，叫醒他一起逃命。」魏柏翻翻筆記本，為明雪解惑。

媽媽露出欣慰笑容：「這小孩真聰明，他不會騙人啦！一定是菩薩保佑，把他吵醒，讓他去救人。」

明雪看著魏柏：「你還會再找小合問話嗎？」

他看了一下手錶：「我已經請邱輝、小合和翁老先生今晚到我辦公室。」

明雪提出要求：「請容許我在隔壁房間……」

「妳想幹什麼？偷聽人家說話很不禮貌！」媽媽立刻打斷明雪的話，訓斥了一番。

「媽～我保證不會偷聽他們說話啦！」明雪使出撒嬌攻勢，和魏柏交換了默契眼神。媽媽看到此景，只得無奈搖頭。

晚上八點，邱輝帶著小合及翁老先生來到柏克萊偵探社。魏柏一面提問，一面把他們的答話內容記下來。

忽然，小合興奮嚷嚷：「就是這個聲音把我吵醒的！」那是種刺耳的嗡嗡聲，讓人有點不舒服。

沒想到，翁老先生卻一臉茫然，頻頻問道：「哪有什麼聲音？」而邱輝則驚慌失措，不斷環顧四周，尋找聲音來源。魏柏看到他們的反應，心底已有定案。

請翁老先生帶小合出去後，他疾言厲色的說：「邱先生，我已知道是你縱火詐領保險金！」

邱輝急忙否認：「哪……哪有？你別胡說！」

「昨晚你等小合入睡後，在家中把定時器等電器設置妥當才出門。當你和朋友到達酒廊，定時器啟動音波驅蚊器，發出高頻聲音把小合吵醒，但翁老先生卻無法聽見。十分鐘後，另一個定時器引發電熱器點燃汽油，從屋子角落開始燃燒，才造成這場火災。」魏柏緩緩道出邱輝的計謀。

邱輝臉色發白，大聲辯解：「我這麼愛小合，怎可能讓他置身險境？」

魏柏直視他倉皇的眼神：「你一定很有把握他當時會被驅蚊器的噪音叫醒，並能協助翁老先生即時逃出。這種簡單的設置，也難不倒你這位電器專家。一般人會以為這是湊巧或天意，才讓善良乖順的小合逃過這場劫難。對兒子的關心及人不在現場的事實，讓你擺脫縱火嫌疑，又可領到保險費！」

邱輝呆了半天，知道犯案手法已被拆穿，只好俯首認罪：「沒辦法，電器行

嗡——
就是這個聲音把我吵醒的！
哪有什麼聲音？
爸爸，就是這個聲音
……
明白了，請翁老先生帶小合出去，
我和邱先生談一會就好。
咔嚓
邱先生，我已知道是你縱火詐領保險金！

的生意不好，我積欠不少債務。如果不這樣做，我實在還不起……」

魏柏搖搖頭：「你難道沒想到，火勢可能延燒到鄰居？這些人平常都幫你照顧小合，你怎麼可以做出這種事？而且，萬一小合睡得太熟，沒有醒來怎麼辦？為了錢，連兒子的命都能拿來當賭注，更何況還有無辜的翁老先生也會被連累，你真是太沒良心了！」

「對不起，都是酒害了我……」邱輝掩面啜泣。

魏柏通知了警察和社工分別帶走邱輝及小合，接著步進辦公室旁的小房間——明雪正笑吟吟的望著他。

魏柏露出佩服的眼神：「明雪，妳怎麼知道小合聽到的聲音就是音波驅蚊器？」

「有一陣子，爸爸都會幫爺爺採筍，但竹林裡蚊子太多，就買了音波驅蚊器帶在身上。只有即將產卵的母蚊會吸人血，而這種電器會發出一萬兩千至一萬五千赫茲的高頻聲音，模仿公蚊聲波，使待產母蚊不想靠近。爸爸每次一打開，我都覺得很吵，但他說聽不到，還嘲笑我是蚊子投胎的，才聽得到公蚊聲波。」

憶起這段往事，明雪一臉不甘心。

魏柏哈哈大笑：「你們父女的對話還真幽默！」

明雪沒好氣的繼續說明：「那個音波驅蚊器就是到邱輝店裡買的，我想他對電器功能必定瞭如指掌。今天下午聽你描述火場的狀況後，我心裡就有了譜，才請你設下這個局，看看是否能趁邱輝心虛時攻破心防——他比我爸爸年輕，或許對音頻有反應。如果剛才我在隔壁啟動驅蚊器時，小合沒有反應也就算了，反正對我們沒有損失嘛！」

魏柏朗聲說道：「是是是，多虧妳這個小偵探的見多識廣及細膩心思。看來，我得多跟妳討教才是！」

明雪害羞的搔了搔頭，兩人四目相交，爆出一串輕鬆笑聲……

科學破案百科

超音波是指任何聲波或振動的頻率，超過人類耳朵可以聽到的範圍，即大於20,000赫茲。但某些動物，例如小狗、鯨豚、蝙蝠，卻能接收我們聽不到的聲音。

另外，超音波由於高頻特性，被廣泛應用在許多領域，例如工業方面，包括焊接、鑽孔、粉碎、清洗等；軍事方面則用於雷達定位；醫用超音波可看穿肌肉及軟組織，常用來掃描器官，以協助診斷。

案件3

地質分析塵土追蹤

明天早上明安要參加學校舉辦的郊遊，到新北市土城區近郊登山健行。依照常理，今晚應該會興高采烈去採購零食才對，可是他回到家時卻愁眉苦臉。

「怎麼啦？」媽媽不解的問。

明安從書包裡抽出一張學習單，憤憤不平的說：「都是地理老師害的啦！他說出去玩也是學習，所以發了這張單子，要大家在旅遊前蒐集資料，並沿途用心觀察記錄，隔天還要交作業。早知道玩得這麼痛苦，乾脆不要出去！」

明雪在一旁幸災樂禍的說：「誰說是出去玩？看看你們學校發的通知吧！上面明明就是『校外教學』，既然是教學，當然要寫作業囉！」

媽媽接過去看了一下，上面密密麻麻寫著一堆問題，要學生記錄郊旅當地的地質與地形景觀，不禁搖頭、咋舌：「這麼難？姊姊妳幫他找一些資料，我要去打包行李囉！」

明安這才想起，爸媽早就計畫好從明天起要到綠島旅行三天。

明雪嘟著嘴，接過學習單：「玩、玩、玩！大家都出去玩，只有我最苦命，不但沒得玩，還要幫忙寫作業！」瀏覽完單子上的問題後，明雪覺得沒那麼難，便走到書架前，抽出一本書，交給明安。

「喂！你要的答案，這本書上都有。」

明安接過來一看，書名是《北部地質之旅》，再細看目錄，原來是一本地形考察指引。書中挑了北部數個景點，如濱海公路、陽明山及新竹關西地區等，詳細介紹各地的地形、地質、岩石種類等。

明安皺著眉頭，把書放下說：「太難了！」

明雪怒罵道：「是你的作業耶！自己不寫，難道等我幫你寫？」說完，便扭頭回房間，不理明安了！

第二天清早，爸媽出門後，明安也高高興興跟著老師和同學去郊遊。

他們的遊覽車直接開到土城的山上，大約早上九點，車子在一間廢棄的遊樂場前停好，然後同學們就下車整隊，由老師帶著穿越攤販區，經過一間莊嚴肅穆的寺廟，來到登山口開始活動。

登山小徑蜿蜒曲折，十分狹窄，百轉千折直達山頂涼亭。小徑兩旁植滿大樹，濃密樹蔭遮蔽了陽光，所以並不覺得熱。明安故意放慢腳步，陪著落後的歐麗拉。兩人互相交換零食和飲料，有說有笑，跟著隊伍開心的向山上緩慢前進。

走了約半小時，歐麗拉突然悄悄的對明安說：「糟糕！剛剛飲料喝太多了，現在想上廁所，怎麼辦？」

明安抬頭看到前方是個分岔路口，路標顯示還要繼續往前走兩公里才到涼亭，左側有條捷徑可以回到廟宇，只有五百公尺的距離，便高興的說：「我們可以從左側捷徑走下去，到廟裡借用廁所。」

兩人交代走在前面的同學，若老師問起，就說他們到廟裡上廁所，稍後會趕上隊伍，便脫隊沿著捷徑向下走。這條路沒有別的登山客，只有一名黑衣中年胖子一路跟在後頭，不停用手機講話。明安與歐麗拉自認走得太慢擋到路，想讓他先走，但他堅持要走在後面。由於坡度很陡，兩人慢慢走，大約花了半小時，終於看到寺廟的後牆，卻突然發現前方一名黑衣瘦子攔在路中央。

歐麗拉客氣的說：「先生，請借過。」

瘦子不但不讓路，反而尖聲怪笑：「妳要到哪裡去？我們老大在車上可是等得不耐煩了！」邊說邊伸手要抓歐麗拉。明安發覺不對勁，急忙衝向前要救她，但走在後面的胖子突然跑過來，朝著明安的後腦勺猛然揮出一拳，明安只覺得頭很痛，就暈了過去，昏迷前還聽到麗拉的尖叫聲。

1 2 3 4 5

「明安！明安！醒醒！」明安在劇烈的搖晃中醒來，發現老師抱著自己，正拚命叫喊及晃動，想把他叫醒。

「老師，麗拉她……」明安虛弱的說。

「麗拉到哪裡去了？」老師著急的問。

「她……被壞人抓走了！」

原來是路人發現暈倒的明安躺在廟旁角落，看到他運動服上繡的校名，趕緊請廟中住持通知校方。學校主任立即以手機聯絡明安班導，驚慌的老師聞訊後，將班上學生委由別班老師照顧，便急忙趕下山尋找。找到明安後，他先將明安送到醫院急診，並打電話報警，接著通知歐爸爸和明安家人。但明安家沒人接電話，父母手機也沒開，只好改打明雪手機。

明雪剛上完兩堂數學課，發現手機在震動，以為是爸媽打來，結果是明安的老師。一聽弟弟受傷，她急得不得了！雖然平常愛跟他鬥嘴，但兩人感情其實好得很，聽到明安被打，她心疼極了！爸媽正好不在，她連忙向老師請假趕到醫院。明安的後腦腫了個包，幸好檢查結果只是表皮瘀血，腦部並未受損。

警官李雄已仔細聽完明安描述，歐爸爸趕到醫院後，也向警方陳述自己因買地糾紛，得罪了黑道分子林任。明雪也說明上個月在陽明山遭到下毒的事件，經查證後確實與林任手下的小嘍囉有關。

李雄果決的說：「救人要緊，我立刻向檢察官申請搜索票，到林任家找人。」

歐爸爸則載著明雪，跟在警車後面。

一行人到達林任家時，已經將近下午一點。林家是位於臺北市北投區的一棟二層樓別墅，一樓左側是傭人房，右側挑空作為花園及停車格，裡面停著林任的豪華轎車。傭人房有一道樓梯通往二樓，明雪站在門外都聽得到二樓的電視正大聲播報著女童遭綁架的新聞。

外籍女傭看到大批員警，嚇得手足無措，正遲疑該不該開門，林任卻優閒的剔著牙從樓梯走下來，命令女傭開門。

林任對大批員警包圍他家顯得一點也不緊張，反而對站在門口的歐爸爸露出邪惡笑容：「真不幸呀！看到電視上播出令嫒被綁架的消息，我真替你惋惜！賺了那麼多錢，如果不能照顧好家人，又有什麼用呢？」

李雄出示搜索令後，大批員警就在整棟別墅展開徹底搜查。明雪不能進屋，只能隔著柵欄觀察那輛豪華轎車，車子雖然氣派，但上面有一層塵土，明雪從柵欄的縫隙伸手進去摸了一下引擎蓋，熱熱的。

「拜託妳不要亂摸！老闆交代我負責車子的整潔，我每天早上都要刷洗清理這輛車，如果被摸髒了，老闆會罵我。」外籍女傭急忙出聲制止明雪摸車。

搜查的員警在別墅內並未找到麗拉的蹤影，也沒有發現任何可疑的物品，李雄無奈的指示收隊，大批員警垂頭喪氣的走下樓梯。

這時明雪湊到李雄耳際，輕聲的說：「剛才這一家的外傭說她每天早上要洗車，可是車子上布滿塵土，而且引擎蓋還是熱的，這輛車可能剛剛跑過長途，請鑑識人員蒐證，或許有幫助喔！」

李雄對明雪的觀察力一向很有信心，立刻請鑑識人員張倩在這輛車上採證。張倩的化學和生物知識淵博，一直是明雪的偶像，也因為張倩的影響，使明雪立志將來要當一名法醫或刑事鑑識專家。因此，她聚精會神的觀看張倩如何進行蒐證。

唉～一無所獲……
明雪？
剛才……這一家的外傭說她每天早上要洗車，
可是車子上布滿塵土，而且引擎蓋還是熱的，
這輛車可能剛剛跑過長途，
請鑑識人員蒐證，或許有幫助喔！
！

張倩戴上口罩和橡皮手套，先用毛筆把車子外表的灰塵刷進一根試管中，再用刮勺在輪胎後面的擋泥板上刮下一層泥土，放進另一根試管中。

接著，張倩打開車門，在後座仔細尋找，不久用鑷子夾起一根纖維，抬頭問歐爸爸說：「麗拉今天穿粉紅色的衣服出門嗎？」

歐爸爸興奮的說：「對！妳怎麼知道？」

「因為在後座找到一根粉紅色的纖維。」

林任聽到，臉色大變，但他仍強悍的說：「一根纖維能證明什麼？我太太也有很多件粉紅色的衣服。」

張倩笑著說：「請你提供她的粉紅色衣服讓我取證，只要化驗就能知道是不是同一件衣服的纖維了。」

李雄補充說明：「憑這根可疑的纖維，我就可以把你押回警局慢慢偵訊。」

「假如……我是說假如……」林任又露出邪惡的笑容，對著歐爸爸說：「假如令嫒真的是被我抓走的，現在我又被你們押起來，萬一我的兄弟一氣之下，對令嫒不利，怎麼辦？」

李雄從沒見過這麼囂張的嫌犯，敢當著警察的面威脅家屬，立刻下令把林任帶回警局偵訊。

1 2 3 4 5

明雪跟著張倩的車回到實驗室，急著想知道化驗的結果。

經過仔細的檢驗，張倩告訴明雪：「車上的纖維不屬於林太太的衣服，不過還是擋泥板最上層的塵土比較有趣，經過化驗，這些塵土含有大量白砂岩碎屑，其中石英占92％，氧化鋁占4％，氧化鐵占0.3％，這種成分的砂子叫玻璃砂，稍加提煉就可以製作玻璃了。」

明雪歪著頭，想了又想，「白砂岩……玻璃……」忽然，她跳了起來，「我知道了，在我拿給明安的那本《北部地質之旅》上，就記載著白砂岩主要分布在桃園、新竹、苗栗一帶，也因為這個緣故，臺灣的玻璃工業以新竹最發達。擋泥板最上層的塵土有玻璃砂，顯示這輛車剛跑過這一帶。再以車程來估計，麗拉大約早上十點被抓，我們下午將近一點趕到林任家時，林任的座車引擎還是熱的，前後相差三個小時。若以土城到新竹再回到北投，全程約一百五十公里，再加上一點處理人質的時間，三個小時還滿合理的。」

張倩深覺有理，連忙把這項猜測通知李雄。

李雄從林任口中問不出任何消息，而林任的律師則揚言要控告他妨礙自由，李雄為此頭痛不已，接到張倩的電話，連忙改變調查方向，從林任名下的不動產查起，果然發現他在新竹寶山鄉擁有一座倉庫，急忙通知當地警方前去查看。

當天傍晚，荷槍實彈的警察衝進倉庫時，現場看守人質的胖子和瘦子——也

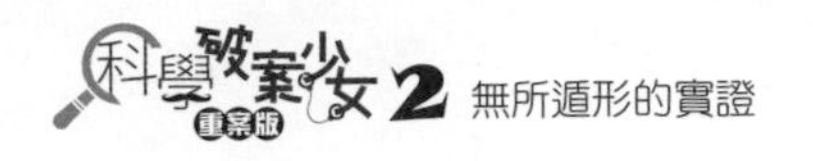

就是早上動手綁架麗拉的兩人——立刻束手就擒，並供出是由林任指使進行綁架，也是他親自開車把人質送到新竹來拘禁。

因為上次派小嘍囉下毒沒有成功，所以這次他親自出馬，率領兩名手下跟蹤麗拉，終於找到遠離人群的最佳下手機會，而且依計畫把人質藏到別的縣市，以為警方不可能找得到人。沒想到在囚禁人質的倉庫前，有一小段泥土路，一點點塵土濺在汽車的擋泥板上，使警方迅速救出人質並破案。

麗拉經過一整天的驚嚇，顯得蒼白而虛弱，幸好毫髮無傷。明安因救她而受傷，使她心存感激，兩人交情比以前更好了。

爸媽旅行回來，了解整個事件的經過後，直說是土城那間廟宇的菩薩保佑，還特地上山燒香拜拜。明雪沒想到地質知識也可以救人，立志今後要更廣泛涉獵各方面的學問，好讓自己更加傑出！

科學破案百科

臺灣製造玻璃原料除了新竹、苗栗盛產的白砂岩外，含石英量高的海灘砂和砂丘砂也可以當成原料，著名的產區亦在新竹、苗栗沿海（如苗栗縣白沙屯海岸），故新竹得地利之便，成為臺灣玻璃重鎮。

砂原料必須送至洗砂廠洗選、去雜質，目的在於提高石英（SiO_2）與減低氧化鐵成分（Fe_2O_3）。製作平板玻璃用的精砂，所含石英要高於 96.5%，氧化鐵降低至 0.09%以下；製作高級水晶玻璃等特級砂，所含石英甚至高達 99.5%以上，氧化鐵則須低於 0.022%。

案件 4

花卉農場搶案驚魂

歐爸爸投資的大飯店即將舉辦開幕酒會，他覺得飯店大廳應該擺設一些美麗的花卉、盆栽，才能吸引顧客上門。他知道南投埔里有很多苗圃，打算利用這個星期日到那裡採購。因為麗拉的學校利用星期六舉辦校慶園遊會，星期一可以補假一天，所以要求跟著爸爸到埔里玩，還邀了明安和黃璇兩位好友同行。

歐爸爸要小朋友們上網找資料，從在哪住宿到何處遊玩全由三人規劃，他只負責開車，不過得空出半天時間讓他採購花卉。麗拉看上某家農場兼營的民宿，因為對方在網頁上貼出的照片非常漂亮，三人一陣討論後就打電話過去預約。

星期天一大早他們就出發了，因為假日車多，大約下午三點才抵達埔里。他們按地址直奔農場，沒想到從大馬路向左拐進一條小路後，又開了將近一公里，仍然沒找到民宿。

路旁大多為苗圃，沒看到任何人，開到道路盡頭，車子還差點掉進小溪中！歐爸爸不禁埋怨小朋友們不懂事，怎麼會預約這麼偏僻的地方？

「我看它的地址只寫某路某號，以為就在大馬路旁，誰知道這麼偏僻？」麗拉嘟著嘴回答。

因為路太窄，無法迴轉，歐爸爸只好倒車開了幾公尺，沒想到這時無意間發現民宿招牌！原來剛才匆匆趕路，沒仔細看所以錯過了，歐爸爸把方向盤往右一打，開進農場大門。

1
2
3
4
5

農舍裡走出一位婦人，戴著厚重眼鏡，看來近視度數頗深。她指揮歐爸爸把車停進農場大門邊的車庫，接著上前要幫他們提行李。小朋友堅持自己來即可，但婦人仍熱心的搶了歐爸爸的行李，幫他提進屋裡——歐爸爸因為要鎖車門，只好由她提走。

這是一棟兩層樓的農舍，一樓是屋主自己住，二樓則開放為民宿。婦人是農場的老闆娘，老闆原本坐在一樓客廳，看到她提著行李，趕緊過來接手。寒暄幾句後，就把行李提到二樓房裡，接著他就出門去忙了。麗拉總共預約兩間房，歐爸爸和明安住一間，她和黃璇住另一間。

安頓好行李後，大夥步下樓來。一打開農舍大門，哇！真是花團錦簇，彷如置身一座漂亮的花園裡。農舍前有片美麗草地，老闆娘正在工作。大家一走近，發現她正在晒洛神花。歐爸爸驚訝的環顧四周——農場裡的確種了許多洛神花。

他不禁讚嘆：「哇！酒紅色的花萼！我喝了那麼多年的洛神花茶，還是第一次看到植株呢！」

老闆娘邊工作邊笑著回答：「喜歡的話，明天讓你們帶一些回去泡！」

歐爸爸開心的向她道謝。再往前走，他們一行四人更驚訝了──農場裡竟然飼養著黑天鵝、鴛鴦、雉雞、黑豬……簡直就像一座迷你動物園！這時，在園裡工作的老先生遠遠指示他們，把桶子裡的魚飼料撒進戶外水池中。

黃璇滿腹疑問的拿起勺子：「用這麼大的勺子？在臺北，一小包魚飼料就要十元耶……」沒想到待飼料撒進水裡，「啪！啪！」一群群肥大的黑魚竄上水面爭食，還不時濺起水花，其中最大的約有五、六十公分長，小朋友們樂不可支，爭相餵食。

接著他們逛了農場一圈，發現裡面種植各色花卉，美不勝收。

麗拉詢問：「爸爸，你還要到別的苗圃買花嗎？」

歐爸爸笑了笑，趨前問老闆娘：「你們這些花賣不賣？」

「賣啊！」她拿出名片，發給每人一張，上面寫著經營項目包含了民宿、花卉及香草植物買賣。

歐爸爸高興的說：「本來到你們這裡只是住宿一晚，真正目的是要到附近苗圃採購花卉，但現在我決定跟你們買花！這些花不但種得好，我還跟你們學習到將來經營大飯店的訣竅——讓客人驚喜不斷，覺得物超所值！」

婦人高興的找來老闆，歐爸爸和他議定好花卉的價錢及數量後，轉頭對小朋友們說：「沒想到生意這麼快就談妥，接下來的時間，我們可以盡情遊玩了。現在先去吃晚餐吧！」

小朋友們聞言，高興的發出歡呼聲。

他們到鎮上吃了一頓豐盛的火鍋大餐，用完餐後，天色已暗，通往農場的道路一片漆黑；幸好白天歐爸爸開過一趟，所以順利返回農場。

他剛把車停進車庫並且熄火，一名蒙面男子突然衝進來，持槍對著他們。明安這才發現，農場老闆被另一名蒙面歹徒用槍挾持著，站在車庫外，老闆娘則於一旁低頭啜泣。大概是因為和歹徒扭打過，她的肩部關節受傷，無法將雙手扳到背後，歹徒只得將她的手綁在身前。她吃力的用衣袖擦拭淚水，厚重的眼鏡掉在腳旁，鏡片也被踩碎了。

歐爸爸和小朋友們被眼前景象嚇呆了——農場遇上搶匪！但在這麼偏僻的地方，要怎麼求救呢？歹徒揮手命令他們下車，每個人隨即被布蒙上眼睛，雙手也被反綁。

「老大，現在怎麼辦？」其中一名歹徒問道。

對方沉思片刻：「我帶老闆到屋裡拿錢，你把其他人身上的手機全都沒收，仔細看守，別讓他們輕舉妄動！」

「那個老太婆要不要也蒙上眼睛？」小嘍囉提議。

老大輕蔑的說：「不用了，她近視那麼深，沒眼鏡就跟瞎子沒兩樣！」

這時，老闆苦苦哀求：「我們真的沒有什麼錢啊！」

「騙誰呀？你農場面積這麼大，民宿和苗圃的生意這麼好；說你沒錢，鬼才相信！」老大粗聲回罵。

老闆顫抖的聲音再度響起：「但我家裡確實沒有多少現金……」

帶頭的歹徒冷哼一聲：「沒有現金，珠寶、古董都行！如果真的沒有，我就把你們扣到天亮，再押到銀行領錢！」

接著，老闆娘被狠狠推進車庫裡，和其他人一起坐在地上。麗拉和黃璇都被嚇哭了。

負責看守的小嘍囉不耐煩的說：「閉嘴啦，吵死了！我們老大只是要搶劫農場，不想把旅客扯進來，所以才挑星期天晚上動手。照理說，這是民宿生意最冷清的時候，誰教你們倒楣，自己闖進來！」

歐爸爸不停安慰著麗拉和黃璇，明安則不發一語，雙手在地上摸索。

約一個小時後，老大的聲音再度出現，他對手下說：「搜不到多少錢，但找到這本存摺，裡頭存款可不少……哼，等天亮再押老頭子到銀行領現！」

接著又是漫長的等待。雖然眼睛被蒙住，明安仍能感覺到周圍的光線變強——應該是天亮了！

經過一段漫長時間，眾人的肚子已餓得咕嚕叫，這時他們再度聽到老大的聲音：「喂！快九點了，銀行快開門啦！我先押老頭子到大門口，你負責從外面鎖車庫門，再將車子開過來，帶我們到鎮上領錢……嘿嘿，只消幾分鐘，我們就可以拿著一大筆錢，逃之夭夭了！」

接著他又對老闆娘說：「別擔心，等我們領到錢，平安抵達臺中，就會放妳

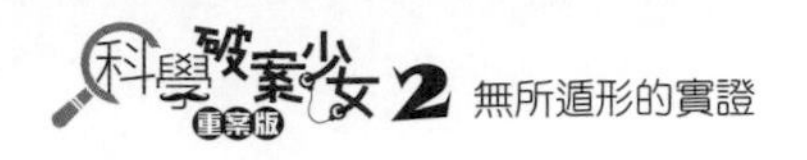

先生回來！」

一陣雜沓的腳步聲後，扯動鐵鏈的刺耳聲音緊跟著響起——大概是歹徒怕他們脫逃，在門外多繞上幾道鐵鏈。

聽到歹徒的腳步聲漸漸遠去，歐爸爸低聲喊著：「快點，我們背靠背，互相解開繩子！」

明安則機警發問：「老闆娘，妳被挾持前有看清歹徒的車號嗎？」

「沒、沒有……我當時正在廚房洗碗，聽到汽車駛進農場的聲音，還以為是你們吃完飯回來，沒有特別注意。不久，歹徒就衝進來抓住我……」婦人或許是擔心先生安危，聲音顫抖得很厲害。

這時，歹徒發動引擎的聲音傳來，明安急忙大喊：「老闆娘，車子經過車庫的剎那，妳一定要看清楚歹徒的車號，這樣才能救出老闆！」

老闆娘回答：「我沒眼鏡，什麼都看不到啦！我雙手綁在前面，比較方便移動，我幫你們解開繩索，你們去看……」

明安急忙打斷她的話：「等妳解開繩子，歹徒早已跑遠！快，我手上有張名片，妳拿去貼在眼睛上，透過門縫向外看！」

由於老闆娘是唯一沒被蒙眼的人，而且雙手綁在身前，仍能自由走動。她跑到明安背後，拿走他手上的名片——上面有數個針孔。她半信半疑的跑到車庫門口，把名片上的針孔對準瞳孔，透過門縫往外觀看。歹徒的車正好駛過車庫，右轉後開出農場大門——車牌號碼雖然模糊，但仍能辨識！

她高興的大喊：「我看到了！車號是261……」

這時，歐爸爸已解開麗拉的繩子，她拿下眼罩後，趕緊幫每個人鬆綁。接著，歐爸爸用力搖晃車庫大門，但完全無濟於事。

明安提醒他：「歐爸爸，我昨天曾看你在車上接過一通電話，那應該是汽車配的無線電話吧？我們不必急著逃出車庫，快用電話報警吧！」

等妳解開繩子，
歹徒早已跑遠！
快，
我手上有張
名片……
妳拿去貼在眼睛上，
透過門縫向外看！
啪
！
我看到了……

歐爸爸如夢初醒，趕緊發動汽車，用電話向警方報案，並告知歹徒車號。

三十分鐘後，一輛警車鳴笛開進農場，警察費了九牛二虎之力才破壞門上鐵鏈，救出他們。

因老闆娘仍然擔心先生安危，於是抓著警員哀求：「拜託，趕快救我先生！」警員好言安撫：「剛剛我的同事已趕到銀行查看，但行員說妳先生已由兩個朋友陪同，領錢離開了。不過別擔心，埔里是座山城，我們已在所有聯外道路布下崗哨。既然知道車號，歹徒絕對逃不了！」

這時，他腰間的無線電對講機響起：「歹徒已在台十四線落網，人質平安。」雖然對講機聲音伴隨著嘈雜的噪音，但對老闆娘來說，這是全世界最悅耳的聲音！

當天下午，明安一行人準備離開埔里返回臺北。

老闆娘依依不捨的拉著明安的手：「少年仔，你怎麼那麼聰明？知道在名片上刺幾個孔，就可以讓我這個『大近視』看清楚遠處的東西！」

明安靦覥的說：「沒什麼啦！曾有一位親戚知道我和姊姊兩人愛看書，就送了一副號稱可以預防近視的雷射針孔眼鏡——其實只是在塑膠板上刺幾個小孔。但是很神奇唷！戴上這副眼鏡後，無論近視、遠視、老花，統統可以看清楚遠處的東西！不過當時爸爸就告訴我們那是騙人的。你只要隨便在硬紙板上刺幾個孔，都有相同效果——那是針孔成像的原理，與預防近視無關！」

他不好意思的笑了笑，繼續說道：「昨晚，當我雙手被綁，坐在地上時，因為被歹徒監視，不敢輕舉妄動。百無聊賴中，摸到地上有一枚掉落的迴紋針，霎時間想到可以幫老闆娘看清楚遠處的東西，所以就從口袋中找出妳發給我的名片，在上面扎了幾個洞……沒想到真的可以派上用場！」

「謝謝你們救了我！那些訂購的花都免費啦，以後有需要隨時到埔里來，統統不用錢！」脫離險境的老闆也大方示意。

麗拉大聲歡呼：「以後爸爸來，我也要跟著來！你們的農場好漂亮喔！」

黃璇和明安也同聲附和：「我們也要跟……」

歐爸爸笑著點頭：「時候不早了，我們該出發囉！」

「別忘了帶走我親手晒的洛神花唷！」老闆娘邊揚聲說道，邊送上已準備好的罐子。

剛歷經生死一瞬間的六人，感受這風平浪靜的優閒時刻，不禁相視而笑……

科學破案百科

「針孔成像」的原理是指光線於物體上的每一點發出，沿著直線前進，透過針孔（或類似裝置）會在另一端生成上下左右相反的影像（近似「三角形原理」）。如果孔徑太大，投射的光線過多，影像就會模糊；反之，孔徑太小也會影響清晰度。早期的針孔照相機即利用此原理，讓光線穿透一個小孔，在暗箱形成外部景物的倒像。愛動腦的你，趕快試一下喔！

飯店竊案——消失的筆跡

明安的學校每週有一天是便服日，男同學大多隨便穿，女生就不同了，個個挖空心思打扮得漂漂亮亮；像歐麗拉就穿了一套潔白衣裙到學校，和白皙皮膚相得益彰，甚至有同學叫她「白雪公主」。

下課時，女同學三三兩兩討論衣著，平時最愛調皮搗蛋、惡意戲弄他人的林大顯突然走到麗拉身邊，將一瓶藍墨水往她身上潑去！白衣立刻留下大片藍色墨跡，在旁聊天的同學全被大顯的行為嚇呆了！

麗拉回過神來，低頭察看衣服上的墨跡，不禁難過得放聲大哭。

明安見如此可惡的行逕，便生氣的高聲斥責對方：「喂！你怎麼可以這樣？

太過分了！」

沒想到大顯笑嘻嘻的說：「開個玩笑嘛！」

麗拉邊掉眼淚邊生氣的說：「這是媽媽送給我的生日禮物，我一直很寶貝它。現在衣服毀了，你怎麼賠？這能隨便開玩笑嗎？」

大顯仍是嘻皮笑臉：「別生氣嘛！妳再看看衣服。」

麗拉低頭一看，發現藍色墨跡好像淡了一些；幾分鐘後竟完全消失，衣服潔白如昔。同學們搞不清楚這是怎麼回事，要大顯解釋墨跡怎麼會消失。

「這是一種整人玩具，叫做魔術墨水啦！雖然剛使用時顏色很深，但不消幾分鐘，痕跡就會自動消失。」大顯看同學被他唬得一愣一愣的，臉上帶著幾分得意，「好了啦！麗拉。妳瞧，衣服不是恢復白色了嗎？別再哭啦！」

因為衣服看來毫無損傷，麗拉便停止哭泣，但餘怒未消，不跟大顯說話就扭頭回到座位。大顯急忙跟在旁邊賠罪，但一切都太遲了，因為麗拉放聲大哭時，已有同學跑去報告導師，導師聞訊趕來教室。

「大顯，聽說你把麗拉氣哭了，這是怎麼回事？」

大顯沒料到會驚動老師，不敢再嘻皮笑臉，一五一十的報告事情經過，並為自己辯解：「跟她開開玩笑而已，況且衣服不是恢復白色了嗎？是她沒幽默感又愛哭，怎能怪我？」

老師臉色一沉，出言斥責：「開玩笑也要顧及別人的感受；把人逗笑才叫幽默，惹惱別人就是不知分寸的惡作劇！再說魔術墨水的成分是化學藥劑，即使顏色消失無蹤，成分仍殘留在衣服上。你要展現它的效果理應潑在紙上，潑到衣服極可能滲進皮膚，這樣的作法實在荒謬！快向麗拉道歉！」

因為導師是自然科老師，所以熟知魔術墨水的把戲。

自知理虧的大顯向麗拉深深一鞠躬，說聲：「對不起。」

看到大顯被老師罵一頓，麗拉的氣也差不多消了，便接受他的道歉。

老師拍拍麗拉的肩膀，接著拿出幾張鈔票：「別生氣了，待會到合作社買套體育服換上，這件衣服帶回家洗乾淨再穿。」

麗拉接過鈔票，低聲說：「謝謝老師，這些錢我明天再還給您。」

「沒關係。」老師說完，隨即大聲宣布，「從今天起，罰林大顯掃廁所兩個星期，希望你記取教訓，別再對同學惡作劇！」

許多平日被大顯整得哭笑不得的同學聽到他被處罰，都拍手叫好；大顯臉上則一陣青、一陣白，懊惱不已。

1 2 3 4 5

吃晚餐時，明安將今天學校發生的事告訴全家人。

鑽研化學有成的爸爸說：「魔術墨水的成分是百里酚酞，是一種酸鹼指示劑，在pH值小於9.4以下呈現無色，pH值大於10.6以上則是藍色。百里酚酞難溶於水，因此商人將百里酚酞溶於酒精，再與鹼性水溶液混合，就變成藍色，看起來很像藍墨水。」

明安不解的問：「為什麼魔術墨水潑到衣服上，顏色會慢慢消失呢？」

曾聽化學老師講解魔術墨水原理的明雪反問：「你想想看，空氣中的哪種成分溶於水後會變酸？」

明安自言自語：「嗯，讓我想一想……」

他馬上在腦海中翻閱一頁頁曾經讀過的資料：「氮氣嗎？不對，它難溶於水。氧氣嗎？也不對，它也難溶於水……啊！我知道了，是二氧化碳！二氧化碳溶於水就變成碳酸，所以汽水又叫做碳酸飲料。」

爸爸讚許的點點頭：「嗯，很不錯，平常教你的這些化學知識，你都懂得靈活運用。」

悟出其中玄機的明安繼續說：「這麼說來，魔術墨水潑到衣服上後會吸收空氣中的二氧化碳，逐漸變成酸性，顏色也就消失了……」

爸爸接著說明：「百里酚酞沒有很強的毒性，不過化學藥劑殘留在衣服上，雙手不免會碰觸到；若未洗手就取東西食用，有損健康，所以你們老師才要麗拉換下衣服。」

明雪又補充道：「爸爸剛才說過，百里酚酞難溶於水，你教麗拉在沾到墨水處噴點酒精，搓揉後用水沖洗，這樣才洗得乾淨。」

明安點點頭，一溜煙的下了餐桌，馬上打電話給麗拉。兩人吱吱喳喳講了好久，結束通話後明安才走回餐桌。

「只不過教她洗件衣服而已，怎麼講那麼久？」明雪忍不住揶揄弟弟。

明安不理會她的嘲弄，轉向爸媽，神氣的說道：「歐爸爸開的大飯店發生竊盜案，麗拉請求她爸爸，要我和姊姊過去協助釐清案情。歐爸爸等等會派車來接我們！」

媽媽忍不住笑了出來：「他真的把你們當小偵探啦？」

明安為自己說話：「我們本來就是小偵探，別忘了上次在南投埔里被綁架時，是我救了大家，歐爸爸還一直稱讚我呢！」

看兩姊弟一副興致高昂的模樣，爸爸只得無奈點頭：「既然歐爸爸都派車來接了，你們就去吧！不過別太晚回來，明天還要上課呢！」

為了讓爸媽安心，明安詳盡說明：「歐爸爸是擔心內部員工監守自盜，對飯店信譽不好，所以請我們先判斷情況；若內部員工沒有涉案嫌疑，他就會正式報警，後續調查工作就交給警方，所以應該不會拖太久啦！」

不久，門鈴響了，飯店的車已在樓下等待。姊弟倆興高采烈的出門，因為參與偵探工作，已成為他們的課餘嗜好。

飯店離明安家沒多遠，他們很快就到了。歐爸爸和麗拉在辦公室等候，一見到他們，歐爸爸立刻請員工端上飲料。

待員工離開後，歐爸爸低聲解釋：「事情是這樣的。這家飯店因為位處新開發的工業區附近，很多客人都是從國外或別縣市來洽談生意；他們抵達後先將行李放進房間，接著出外工作，通常要吃完晚餐才回飯店休息。沒想到今晚許多客人回房後，發現貴重東西不翼而飛，顯然是有竊賊入侵；但電梯裝有保全系統，除了員工之外，沒有住宿卡的人根本不可能搭乘電梯，當然也無法進入住房區……」

「所以，竊賊可能假借投宿名義取得住宿卡，再進入住房區行竊？」明雪仔細推敲。

1
2
3
4
5

「嗯，我們一開始也認為是這樣，但清查投宿旅客名單後，發現一件奇怪的事情。」

明安趕緊追問：「什麼奇怪的事？」

「投宿旅客依規定要登記資料，可是我們清查旅客登記簿時，發現906號房的客人沒有留下資料，櫃枱人員卻發出住宿卡；更奇怪的是，那個房間裡沒有任何旅客或行李的蹤影。」

明雪點點頭：「您擔心員工監守自盜，發出住宿卡給竊賊？」

歐爸爸歎了口氣：「唉，我最擔心這樣。這種事一傳出去，誰還敢來投宿？」

「今天下午值班的櫃枱員工有何說法？」明雪問。

「嗯……郭小姐認真負責，我實在不相信她會勾結外人，但對於旅客未登記資料就發出住宿卡這件事，她又無法交代清楚。就算她沒有監守自盜，起碼怠忽職守，按公司規定要記過開除。她現在就在辦公室外等候，如果不能洗刷她的嫌疑，我只好按規定處理。」看得出來，歐爸爸相當無奈。

明雪突然覺得心理負擔好重：「那就請她進來吧！」

郭小姐是位年近四十的婦人，臉上有些雀斑，給人正派、端莊的感覺。

她一進辦公室就苦苦哀求：「董事長，現在景氣那麼差，我先生已經放了好幾個月無薪假。拜託、拜託！不要開除我啦！我有個念小學的兒子，如果丟了工作，一家三口的生活怎麼辦？」

「我知道妳平常表現良好，但這次客人沒登記就發出住宿卡，害飯店遭小偷……妳要怎麼解釋？」雖然無奈，歐爸爸語氣仍然很硬。

「每位客人登記資料並核對身分證件後，我才會發出住宿卡，這是公司規定，我怎敢不遵守？至於９０６號房客人的資料為何憑空消失，我也不知道啊……」郭小姐焦急的說。

明安開口詢問：「飯店裡有裝監視器嗎？如果有的話，調出錄影畫面不就知道906房客人有沒有登記？」

歐爸爸搖搖頭：「因為我們的客源多半是外國富商，極為重視隱私權，所以飯店沒裝監視器。」

明雪則問：「我可以看看旅客登記簿嗎？」

歐爸爸指指桌上的簿子：「依電腦紀錄顯示，906號房的住宿卡於下午三點四十七分核發，但登記簿上顯示三點二十二分和五十五分各有一位客人，其間根本沒有別人登記。」

明雪和明安盯著登記簿，再度陷入苦思。

突然間，明雪似乎發現什麼異狀，捧起登記簿近看研究。半晌之後，擡頭對歐爸爸說：「我推測，這個人可能確實登記，只是筆跡消失了。」

「筆跡消失？妳在開玩笑嗎？才幾個小時而已耶！況且，墨水怎麼可能平空消失呢？」歐爸爸難以置信。

「其實不需要幾個小時，幾分鐘內墨水就有可能消失，因此下一位客人才會簽在他的筆跡上。」明雪接著轉向麗拉，「今天在學校裡發生的事情，妳有沒有告訴爸爸？」

「沒有，我本來要說的，但爸爸忙著處理竊案，所以沒機會講。」

歐爸爸關心的問：「今天學校發生什麼特別的事嗎？」

麗拉轉述大顯惡作劇的經過，歐爸爸恍然大悟：「妳懷疑歹徒用魔術墨水登記資料，所以筆跡才會消失？」

明雪點點頭。

「若真是如此，我們又能怎麼證明？後面的客人在上頭寫了字，筆跡早已被覆蓋，還能還原嗎？」歐爸爸半信半疑。

明雪想了想，說：「我記得化學老師曾提過，強鹼能讓魔術墨水現形！」

歐爸爸皺眉：「飯店裡應該沒有危險物品……如果真有需要，我派人去買……」

明安興奮的插嘴：「不用了，這裡一定有強鹼！爸爸之前教過我，通馬桶或水管的清潔劑就是強鹼——飯店應該也有使用吧？」明安心想，這會兒爸爸教的知識可派上用場了！

「有、有，我立刻請人拿過來。」

1 2 3 4 5

幾分鐘後，清潔工帶著裝在小鐵罐裡的強鹼藥劑，出現在辦公室。

明雪要來一雙橡皮手套及一杯水後，將少量藥劑倒在舊報紙上，只見白色顆粒及銀白色碎片混合在一起。

她將一顆白色顆粒丟入水中：「這就是氫氧化鈉，是很強的鹼。」

麗拉看著舊報紙上的銀白碎片，好奇發問：「這是什麼？」

「那是鋁片。」明雪取了一根泡咖啡用的塑膠小湯匙，來回攪拌杯中水。

明安也很好奇：「為什麼氫氧化鈉和鋁混合在一起，就可以疏通水管？」

「鹼本來就可以溶解油脂，鋁遇到強鹼又會產生氫氣，同時放出大量的熱。這些受熱氣體可將堵塞物衝開，如此一來，水管就暢通啦！」明雪仔細說明。

「姊，妳好聰明！」一向愛和姊姊鬥嘴的明安，也不得不欽佩她的博學多聞。

明雪聳聳肩：「這沒什麼，高中化學課本寫的。」

她向歐爸爸要來澆花用的小噴霧瓶後，倒進已混合均勻的氫氧化鈉水溶液，接著請歐爸爸準備好數位相機。她將旅客登記簿放在地上，對著簿子噴灑，瓶中強鹼變成霧氣覆蓋紙面，上頭浮現藍色字跡。

「快拍照！」明雪大喊。

這就是氫氧化鈉，是很強的鹼。
為什麼氫氧化鈉和鋁混合在一起，就可以疏通水管？
$2Al+2NaOH+2H_2O \rightarrow 2NaAlO_2+3H_2$
鹼本來就可以溶解油脂，鋁遇到強鹼又會產生氫氣，同時放出大量的熱。
這些受熱氣體可將堵塞物衝開，如此一來，水管就暢通啦！

聞言，歐爸爸立即用數位相機對著簿子連拍數張照片，幾分鐘後，字跡又消失了。

歐爸爸將照片檔案傳到電腦，不可置信的說：「真是太神奇了！」

雖然藍色字跡與後一名旅客以黑筆登記的資料糾結，仍可勉強辨識。

「名字及身分證字號都有了。郭小姐，若妳曾確實核對證件，那警方應該可以找到這個人。」明雪笑著說道。

真相終於大白，歐爸爸對於誤會郭小姐一事致歉，並請她打電話報警。

雖然還不確定這名嫌疑犯是否竊取財物，但郭小姐很高興保住工作；向明雪姊弟道謝後，立刻打電話報警。

明雪也拉著明安告辭：「接下來就是警方的事情，時候不早了，我們也該回家了。」

歐爸爸極力挽留：「今天多虧你們幫忙，不但挽救飯店商譽，也讓我留下一位好員工。這樣吧！我吩咐飯店主廚煮一頓大餐請你們吃，聊表心意。」

明雪急忙推辭：「不用了，我們吃完晚餐才來的，何況明天要考化學，我得回去念書了。」

歐爸爸聽了猛點頭：「對、對，要用功讀書，今天我才見識到化學知識極有用處！那不然，改天等你們兩位和令尊、令堂都有空，我再邀請大家一起聚餐，好嗎？」

姊弟倆心中高興又有一頓大餐可吃，卻客氣的連聲說道：「謝謝！謝謝！不用了！不用了！」

一陣客套後，明安忽然提了個疑問：「姊，妳怎麼猜到房客是用魔術墨水登記的？」

明雪得意一笑：「當然是靠敏銳的觀察力囉！我發現雖然墨水消失了，但那個人寫字的力道不小，因此還是留下印痕，才想到可能是魔術墨水搞的鬼！你要成為小偵探，還得多磨鍊觀察力！」

明安嘟嘴「喔！」了一聲，歐爸爸和麗拉則大笑出聲，送走這個充滿緊張感的「魔術」夜晚……

科學破案百科

文中提及的魔術墨水，想必會讓大家想到武俠小說常出現的「無字天書」橋段——只要拿到火邊烤一下，隱形字體就自動現形！

其實，有種非常簡單的隱形墨水實驗，大家可以試著動手做：將檸檬汁加幾滴水調勻，並在白紙上寫字；等乾了之後，將紙拿到燈泡附近烤一烤，字跡自然浮現出來！

這是因為檸檬汁或其他果汁裡含有碳水化合物，溶解於水後幾乎無色；一旦經過加熱，碳水化合物就會分解，留下黑色的碳，字跡就會浮現出來！很奇妙吧？

案件6

尋「藻」犯罪第一現場

明安對棒球越來越狂熱，除了國內、外各大棒球比賽非看不可之外，也和同學合組少棒隊。雖然沒有教練指導，一切都只能靠自己摸索，小球員們仍然玩得非常開心。

某天下午，一名中年男子站在場邊看球之後，一切都改變了！他們不但獲得全新的設備，還多了一位名氣不小的教練——陳銘。

據說，陳銘曾是職棒史上安打數最多的球員，退休後投資了一些企業，憑著他的超人氣，各項投資都很成功。陳銘眼看財富日漸增多，心裡想著何不為自己最喜愛的棒球貢獻心力、回饋社會？正好，那天散步到公園，看到明安與同學在打棒球，他覺得這群孩子頗有天分，可惜乏人指點，於是捐錢幫少棒隊添購全新的球具，並且答應擔任教練，在百忙之中抽空指導小球員球技。球員們受此鼓勵，更加勤奮練球。

教練眼看他們球技日益成熟，決定帶著全體隊員到別縣市參加比賽。

「我是花蓮縣壽豐鄉長大的原住民，那裡的小朋友最會打棒球了，我打職棒成名後，也捐了不少錢贊助母校的棒球隊。我想利用下週的連續假期帶你們到花蓮進行友誼賽，好不好？」陳銘說出他的計畫。

小朋友們一聽，到花蓮既能玩耍又可以和當地小朋友打球，豈有不贊成的？大夥回家取得父母同意後，就摩拳擦掌準備這場友誼賽。

1 2 3 4 5

假期第一天，教練租了輛遊覽車，帶著他們遠征花蓮。由於明安身為隊長，爸爸自然義不容辭的隨隊照顧小球員。

抵達花蓮時已下午兩點了，教練要求司機開到鯉魚潭：「到了花蓮，怎能不欣賞當地美景呢？」他要大家下車活動筋骨。

鯉魚潭面積廣大，久居都市的孩子一下遊覽車，遠遠看到波光粼粼的潭面就不禁讚嘆。可是，走近一看，卻發現水面浮著紅色物質，還聞到陣陣臭味。

球員失望的說：「怎麼會這樣呢？」

教練說：「我小時候最喜歡到鯉魚潭玩，可惜近幾年從報導中得知，由於優養化的關係，此處水質有惡化現象，只是沒想到這麼嚴重！」

球員們不解的問：「什麼是優養化啊？」

明安的爸爸身為中學自然科老師，怎會錯過進行環保教育的機會！

他說：「你們看四周有多少商店？湖面上有多少汽艇、腳踏船？人類排入湖中的廢水裡，包含油汙、清潔劑、食物殘渣、排泄物等。雖然這些對人而言是廢物，但對湖中藻類卻是營養來源。你們看湖裡泛著紅光，就是藻類大量繁殖的結果。藻類一多，水中會出現許多植物遺骸，接著細菌就需要耗用溶於水中的氧氣來進行分解，因此溶氧量大幅降低，導致魚窒息而死；一旦水中厭氧菌增生，便會發出臭味。」

球員們異口同聲的說：「我們不要再汙染它了！」

教練讚許的點點頭：「嗯！我們沿著潭邊散步一會兒，就上車回旅社休息。」

1 2 3 4 5

晚餐後，教練召集所有隊員在他房間開會。

「明天他們一定會派出當家投手先發，我看過他的球路，下墜球很犀利，我

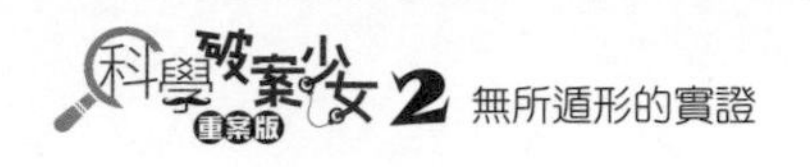

們不要硬碰硬……」教練正在指導作戰策略時，手機突然響了，他向大家道歉後，走到房間外講電話。

過了一會兒，教練滿面怒容的走進來，對明安說：「隊長，臨時有緊急事情發生，我必須趕回臺北，會議由你主持。大家把棒次排定就去睡覺，明天好好打球，我會搭早上第一班飛機趕回來幫大家加油。」接著他又低聲向明安的爸爸交代了幾句，就匆匆離開。

可是，一直到隔天中午球賽結束，教練都沒有出現。明安和隊友們一心掛念著教練的行蹤，根本無法安心打球，終場以5比7兩分之差落敗。

明安的爸爸招呼垂頭喪氣的小球員上遊覽車，等大家坐定後，他嚴肅的宣布：「剛剛比賽時，我得知一則不幸消息。教練的家人說，清晨五點一群早起運動的老人發現教練倒臥在河邊，已經死亡。」

小球員們一片愕然，接著傷心得泣不成聲。明安的爸爸只能盡量安撫，並吩咐司機直接開車回臺北。

抵達臺北時，小球員要求去事發現場祭拜教練。

明安的爸爸說：「目前警方正在調查教練的死因，遺體已送交法醫解剖了。」

小球員們說：「我們想到河邊悼念。教練對大家這麼好，如果不向他致意，我們是不會安心的。」

明安的爸爸拗不過他們，只好要求司機把車開到河邊。

1

2

3

4

5

由於今天是假日，明雪睡得較晚。起床後由收音機聽到教練出意外的新聞，她立刻趕到警方的實驗室，要求與鑑識專家張倩見面，想問問是否確知教練的死因。她知道明安非常崇拜教練，這件事若不早日調查清楚，他會寢食難安。

張倩告訴明雪說：「根據法醫解剖紀錄，陳銘的肺部有大量積水，顯示他是生前落水淹死的。」

明雪問：「那是意外落水溺斃的囉？」

「不，由於他額頭有一道明顯傷痕，顯然是遭重擊後落入水中溺斃。」

明雪又問：「在屍體被發現的河邊發生毆打嗎？」

「不是，我們取肺部的水和河水一起化驗，發現兩者成分不同。陳銘肺部的水所含磷酸鹽濃度，比一般河川高很多，可見他是在別處遭重擊落水溺斃後，再被移到河邊棄屍。」張倩詳細說明。

明雪追問道：「為什麼磷酸鹽濃度這麼高呢？」

「不知道。可能是水鳥聚集的湖泊，因為鳥糞裡含有大量的磷；也可能是工廠排放的廢水或磷礦附近的水池，都有可能。」

明雪嘆了口氣：「這個範圍還是太大了！」

這時李雄匆忙走進來看解剖報告，張倩順便問他調查有何進展？

李雄說：「根據通聯紀錄，陳銘昨晚在旅社接的那通電話是由公共電話發出，所以無法追查是何人所撥。但他太太說，他在凌晨三點曾回家，四點又離開，這點有大樓錄影帶佐證，相當可靠。」

張倩感到疑惑：「深夜還匆匆進出，她沒有問他原因嗎？」

「他只說要改正一項錯誤投資，因為夜深了，陳太太怕吵醒兒子，也沒多問。我們查了他投資的情形，光是工廠就多達十幾家。聽說他為人海派，只要朋友需要錢投資，他幾乎來者不拒，所以光是調查人際關係和金錢往來，就要耗掉很長的時間。」李雄詳細說明。

明雪在旁邊聽到兩人對話，覺得有點頭緒，但又不十分清楚，就徑自走出實驗室，想到外面靜靜思考。

她一面踱著步，一面喃喃自語：「如果他四點才離開家中，五點屍體就在河邊被發現，那謀殺現場應該不會離這兩個地點太遠才對。」想到這裡，她趕緊打手機給明安。

「明安，你們想不想幫忙抓凶手，替教練報仇？」她問。

明安和隊友到河邊時，遇到家屬正在河邊招魂，大家看了更傷心，哭成一團。此時明雪提出這個問題，他自然堅定的說：「當然願意！我現在人在發現屍體的河邊。姊，快告訴我怎麼抓凶手？」小球員們一聽要抓凶手，全都圍了過來。

明雪大喊：「你剛好在河邊？太好了！你把球員分成兩批，一批留在河邊，一批到教練家。兩批人分別由河邊及住家出發，每個人分配不同方向，散開搜查。」

明安焦急的問：「搜查什麼？」

「任何水池、湖泊甚至大水溝，只要發現能讓人躺下去的水體，都立刻回報給我。」她明確的說。

「姊，這樣目標會不會太多？」明安皺眉。

「你別管，把我的手機號碼給他們，只要看到符合的水體就回報。」

明安把她的話轉告大家，雖不懂她的用意，但只要能破案，大家都樂意去做。

1 2 3 4 5

很快的，明雪的手機開始響個不停。回報的水體五花八門，明雪要求他們形容水體及附近的景象，但都發現不符合自己的推測。

約半個小時後，明安打來了：「姊，我找到一個小池塘。」

「快，描述一下。」她又燃起希望。

「池水不深，但很混濁，池子前面是家小工廠，招牌寫著『庭觀洗衣粉』。」

明雪突然振奮起來：「你用手到池子裡撈一下。」

明安依照她的話，蹲下撈水起來看：「有紅色的藻類，很像我們在鯉魚潭看到的耶！」

「明安，快離開，你已經找到命案第一現場了，其他的交給警方吧！你通知所有球員快點回家，很快就會有破案的好消息了！」說完後，明雪急忙回到警局，所幸李雄尚未離開。

「李叔叔，陳銘投資的公司中，有一家『庭觀洗衣粉』嗎？」明雪拋出疑問。

「有，我翻閱資料時曾看到，工廠負責人是游蔚，但資金是向陳銘借的。」

「麻煩你趕快派人搜索那家工廠，因為命案第一現場就在工廠前的水池。」

李雄聞言，立刻帶隊搜查，張倩也隨同前去。她先用空瓶盛裝工廠前池塘裡的水，準備帶回化驗。撈水時，她發現池邊有顆沾了血的石塊，也一起帶回化驗。

李雄在與游蔚談話當中，發現他的手腳顏面有多處挫傷，就以涉嫌重大為由將他帶回偵訊。

姊，我找到一個小池塘。
池水不深，但很混濁。
池子前面是家小工廠，招牌寫著『庭觀洗衣粉』。
庭觀洗衣粉
你用手到池子裡撈一下。
有紅色的藻類，很像我們在鯉魚潭看到的耶！
明安，快離開，你已經找到命案第一現場了！

起初，游蔚矢口否認殺人：「陳銘是借錢給我創業的貴人，我怎麼會殺他？」

不久後，化驗結果出爐。警方發現工廠前的池水與陳銘肺中的水含有相同濃度的磷酸鹽；石塊上的血跡也是陳銘的，游蔚只好俯首認罪。

他供稱，本來陳銘借錢給他蓋間兩層的樓房，樓下開設洗衣粉工廠，二樓作為住家。當洗衣粉要上市的前夕，沒想到政府鑑於含磷的洗衣粉會汙染環境，因此修改法令，禁止販售。游蔚不想配合法令更改製程，一方面仍偷偷製造違法的含磷洗衣粉，以較低價格賣給少數無知又貪小便宜的消費者；另一方面則利用工廠作掩護，偷偷製造安非他命謀利。

陳銘昨晚不知從哪裡得知工廠有不法行為，怒氣沖沖的跑到游家理論。他不滿自己的錢被拿去從事非法勾當，手持當年借據，堅持要游蔚立刻還錢，還揚言向警方檢舉，兩人因而發生扭打。游蔚打不過他，就從地上撿起石塊把他敲昏，並推入池塘溺斃。案發後，游蔚因害怕殺人及工廠製造毒品的事會曝光，便把屍體運到河邊丟棄。

當游蔚招供完時，工廠一名職員也自動到派出所說明。原來，陳銘在旅社接到的電話就是他打的。因為他是陳銘的朋友，當初便由陳銘介紹到工廠做事。當他發現這件不法行為後，怕好友無端捲入風波，才提醒陳銘。陳銘連夜趕回臺北與他接觸後，即迅速回家取借據，前往游家討回借款。事後他聽說陳銘死亡的消息，心裡有數，知道是游蔚殺的，但因害怕自己的人身安全，不敢挺身而出，直到確定游蔚被捕，才現身出面說明。

明安與隊友們對於能協助警方偵破教練命案，感到莫大欣慰。但明安還是不太了解，姊姊憑什麼判斷那水池是第一現場？

「張阿姨的化驗顯示，教練肺部的水所含磷酸鹽的濃度偏高。我想到磷酸鹽是優養化的元凶，所以要求你們搜索附近水體。你找到的水池有許多藻類，就是優養化的結果，加上附近開設洗衣粉工廠，更讓我懷疑他們違法生產含磷的洗衣粉。」明雪娓娓道出推測。

「為什麼傳統洗衣粉要加磷酸鹽呢？」明安仍有不解之處。

「因為磷酸鹽很容易和金屬離子產生沉澱，所以早期的洗衣粉都有添加，讓水中的鈣、鎂等離子沉澱，阻止汙垢聚積。但這樣會造成水汙染，所以政府才禁用。為了愛護環境，我們不但要拒買含磷的洗衣粉，若發現有人製造這種不合格的洗衣粉，一定要勇於檢舉喔！」明雪看著弟弟認同的猛點頭，不禁露出一抹滿意的笑容。

科學破案百科

根據研究，優養化會讓有毒藻類出現、破壞水域生態環境，如果集水區發生優養化，會增加淨水成本、提高自來水中的三鹵化甲烷濃度。臺灣的水庫普遍有優養化現象，全國 21 條主要河川中，有數條屬嚴重汙染程度。在現今重視環保的浪潮下，有待大家繼續關心及努力！

案件 7

黑心漂白殺「液」陣陣

天氣變冷了，明安在放學回家途中，經過某間連鎖藥局，想進去買暖暖包。剛走入店門，差點與一名中年男子撞個滿懷，他趕緊道歉：「對不起！」對方只是低著頭，不發一語就急急忙忙走了。

明安看著那人的背影：「咦，這不是樓上的王伯伯嗎？怎麼這麼匆忙？」

王伯伯和明安住在同棟公寓，聽說他在自來水廠服務，而王伯母因為腦部長瘤，開刀後身體虛弱、經常昏倒，無法外出工作，平日都待在家裡，偶爾打掃屋子，很少出門，與鄰居互動也不多。

明安買好暖暖包，才剛走進家中，就聞到一股淡淡的刺鼻味，遂向媽媽抱怨。

媽媽解釋：「這應該是漂白水的味道吧！不知道哪家在大掃除，臭了一整天！」

一會兒明雪回到家，進門也抱怨那股臭味：「這是氯氣的味道，我在實驗室裡聞過，一輩子都忘不了！」

這時，遠處傳來救護車的鳴笛聲，由遠而近且越來越大，戛然而止，似乎就停在樓下。

正在聊天的三人都嚇了一跳：「該不會是附近發生什麼意外吧？」

明安開門想下樓湊熱鬧，卻見兩個醫護人員一前一後，抬著擔架跑上樓梯。

媽媽急忙拉住他：「不要出去妨礙救人工作！」

幾分鐘後，醫護人員抬著擔架下樓，明安在樓梯口張望。他看到上面躺著一名昏迷的婦人。

雖然醫護人員已幫她戴上氧氣罩，但明安仍認出她的容貌：「是王伯母！」

此時，明雪和媽媽也到門口查看。只見王先生著急的跟在醫護人員背後，媽媽關心的問他出了什麼事。

王先生搖搖頭：「我回家就發現她昏倒在浴室地板上，趕緊通報119送醫，希望還能救回一命！」說完，他就匆匆忙忙下樓，跟著救護車走了。

媽媽不禁歎氣：「唉！王太太的身體本來就不好，希望這次能平安度過！」

明安嘟著嘴：「我剛剛在藥局遇到王伯伯，還差點相撞。」

媽媽無奈的說：「大概是幫太太買藥吧！她的身體很不好……」

1 2 3 4 5

一個小時後，嗚笛聲又響起，這次來的是警察。

明安好奇的打開鐵門，看見李雄帶頭走上樓來，他開心的打招呼：「李叔叔好，請進來坐。」

李雄搖頭：「這次不是來聊天的，你們樓上有人死亡，我是來辦案的！」

「辦案？」媽媽和明雪聞言嚇了一跳，趕緊跑到門口問個究竟。

「你們樓上的王太太在送醫途中就死了，現在她先生正準備帶我到家裡查看。」李雄沉聲說明。

明安這時才發現王先生垂頭喪氣的由另一位警員陪伴，跟在李雄身後。

媽媽說：「王太太身體不好，常常上醫院，這次可能又臨時發病，只是家裡沒人，無法即時送醫，才發生不幸……」

王伯伯難過的表示：「唉！我今天要是請假在家陪她，就不會發生這事了。」

李雄揮揮手，對媽媽說：「我懂你的意思。如果查看現場後沒問題，只要醫生開出因病死亡證明，就可以結案。不過基於職責，總是要到現場查看一下。」

深思許久的明雪對李雄說：「爸爸託我拿件東西給你，請先進來一下，讓王伯伯上去開門，好嗎？」

媽媽狐疑的看著明雪：「你爸爸有東西要給李叔叔？我怎麼不知道？」

看著明雪高深莫測的模樣，李雄馬上會意，轉頭對警員說：「你先陪他上去，但不要移動現場東西。」警員點點頭，和王先生一同上樓去了。

明雪等李雄進屋後，把鐵門和木門都關上。

李雄問：「什麼事那麼神祕？」

「王伯母或許是病死，但也可能是被害死的！我想應該請張阿姨來蒐證。」

明雪悄聲回答。

李雄皺眉：「每天因病死亡的人很多，如果沒有可疑之處，不可能每個案件都找鑑識專家來蒐證。」

明雪搖頭：「確實有可疑之處！」

「別胡說！妳這是在指控王先生……萬一冤枉人家，以後見面時，多難為情！」媽媽出言制止。

明雪不理會她的反對，繼續問李雄：「你有沒有聞到刺鼻的味道？」

李雄點點頭：「這棟公寓平常就有此種味道嗎？」

「沒有，只有今天才聞到，而且早上更濃，不過現在已經比較淡了。」媽媽依實回答。

李雄沉思了一會兒：「嗯，那有必要找張倩來看看。」

語畢，李雄邊打電話邊上樓去，詳細觀察家中布置及詢問王太太的生活習慣後，就請警員帶著王先生到局裡做筆錄。

1 2 3 4 5

幾分鐘後張倩到了，並邀明雪上樓，幫忙找出刺鼻臭味的發散地。

她們一走進王家，發現刺鼻味比樓下更濃；兩人互看一眼，心中都想著：「是從這裡散發出來的！」

李雄帶她們到浴室，指著地上：「根據王先生說法，他下班回來就發現太太俯趴在浴室地板，救護車上的醫護人員也證實他們抵達時，王太太是面朝下、倒在地板上。」

明雪把鼻子湊近洗手臺，用手由外向內搧——這是化學老師教的動作，嗅聞有毒氣體時使用這個方法，既可聞出藥品的特殊味道，也能避免一次吸入太多。

「洗手臺排水管有很濃的氯氣味道。」明雪皺著眉說道。

張倩拿出一枝棉花棒在洗手臺排水管擦拭幾下，然後放進密閉的塑膠袋中。

她們又把房子內外看了一遍，在室外陽臺發現一瓶漂白水和清潔廁所用的鹽酸，並排放在窗臺上；旁邊還有個小塑膠盆，裡面殘餘些許水漬。

明雪又把氣味搧過來聞：「這個塑膠盆也有濃烈的氯氣味道！」

用手由外向內搧——
嗅聞有毒氣體時
使用這個方法，
既可聞出藥品的
特殊味道，也能
避免一次吸入太多。

張倩聞言，把塑膠盆的水漬倒入小試管中密封起來，準備帶回去化驗。

明雪指著窗臺上的漂白水和鹽酸：「張阿姨，妳和我想的一樣嗎？」

張倩點點頭後，就轉身向李雄報告：「這兩種液體如果混合在一起，就會產生氯氣。氯氣是種黃綠色的有毒氣體，不慎吸入後，會導致呼吸困難、咳嗽、喉嚨與眼睛不適等症狀。許多家庭主婦或游泳池清潔人員因為缺乏化學知識，容易把漂白水與其他清潔劑混用，結果產生有毒氣體，在各地都曾造成意外中毒的不幸事件。」

李雄聽完後下了結論：「所以王太太可能是打掃浴室時，把這兩種液體倒入塑膠盆裡混合，結果產生氯氣，因而中毒致死囉？這樣的話，就純粹是意外而沒有加害者！」

張倩回答：「有可能。但一般氯氣中毒時，患者因為呼吸困難，都會逃離現場，不致中毒太深，頂多住院幾天就可康復。為什麼王太太沒有逃出求救？這點還要深入追查。」

「會不會是因為身體太虛弱，吸入毒氣就昏倒而沒機會求救？」李雄推測。

明雪點點頭：「當然有可能，不過我還有另外一個疑問——如果王伯母當場昏倒，那麼是誰把塑膠盆裡的液體倒入洗手臺？又是誰把它放在戶外通風處？」

李雄說：「這點我可以問問王先生，確認他回家後是否有移動這些物品。」

明雪送李雄和張倩下樓，回到家後，對媽媽和明安大略敘述在樓上所見情形；明安似乎若有所思，卻欲言又止。

李雄回到警局後，詢問王先生是否移動過塑膠盆、漂白水及鹽酸等物品，他略顯吃驚，但隨即恢復鎮定。

他坦言：「是我移動的，因為一進門就聞到氯氣。我在自來水廠服務，本來就知道氯是用來消毒自來水的，所以對那味道很熟悉。我進入浴室發現太太昏迷，旁邊又有漂白水、鹽酸及塑膠盆，馬上明白是怎麼回事，所以趕緊把盆裡的液體倒掉，將物品放到通風處，然後打開門窗，以免連我也中毒，接著才報警。所有程序都是基於救人優先，我這樣做有錯嗎？」

李雄質疑：「在我們發現你太太是氯氣中毒前，為什麼不講？」

「因為沒人問我啊！現在你提出質疑，我就告訴你啦！」王先生大聲辯稱。

李雄為之語塞，只好放他回去。

1 2 3 4 5

第二天下課後，明雪到警局找李雄和張倩。

張倩向她解釋檢查結果：「我化驗了塑膠盆及洗手臺裡的水漬，有大量鈉離子、次氯酸根及氯離子——沒錯，是漂白水與鹽酸的混合物！」

李雄插嘴道：「王先生承認倒掉盆裡的液體，但目的是為了使它不再產生氯氣，這是救人的動作。如果沒有別的證據，只能用意外中毒結案了！」

張倩焦急的說：「等等！法醫的解剖報告剛剛出來，王太太除了腦部有開刀舊疤痕外，肺部有發炎、水腫現象，眼角膜也發炎，這些都是氯氣中毒的症狀……這些都是意料之事，但她雙臂外側卻出現對稱性挫傷。」

這下子，李雄的精神來了：「這表示什麼？」

張倩意味深長的看他一眼：「代表她的兩臂曾遭捆綁。」

李雄睜大眼：「難怪王太太中毒後無法逃出，因為她遭到捆綁！我想，氯氣也是蓄意製造、企圖置她於死地。」

明雪點點頭，發表她的意見：「沒錯！如果我們未深入追查，可能就以『因病死亡』結案——王太太本來身體就虛弱，也沒人會懷疑。後來我們察覺她是中毒而死，凶手就引導警方朝意外事件的方向思考……他的心思實在太縝密了！沒想到……」

話未說完，只見明安氣喘吁吁的跑進警局，大喊：「李叔叔，我知道了，王伯母是被害死的！已經找到證據了……」

明雪本想責備明安不該打斷別人談話，但既然跟案情有關，就讓他說下去。

「昨天下午，我在藥局差點和王伯伯相撞，不久就發生王伯母中毒送醫的事。聽姊姊講，她是因氯氣中毒而死，我就想，若能知道王伯伯在藥局買什麼東西，可能對了解案情有幫助。所以剛剛放學後，我便回到藥局去問藥師。可是每天客人進進出出這麼多，藥師怎麼會記得哪個客人買什麼呢？幸好我帶了買暖包的發票，請他幫我查前一張的品名——結果你們猜，王伯伯回家前買了什麼？竟然是活性碳口罩！」

「說不定他剛好感冒，所以買個口罩也沒什麼稀奇。」明雪回嘴。

明安反駁：「可是藥師一看到發票就想起來，那個買口罩的人竟然當場打開包裝，還向他要了一杯水，把口罩弄溼，這種舉動很不尋常，所以令他留下深刻印象。」

張倩和明雪兩人異口同聲：「氯氣易溶於水，要把口罩沾溼，才能隔絕！」

這時，一名年輕刑警走進來向李雄報告：「組長，你要我調查王太太的投保情形，結果已經出來了——她有張高達一千萬的壽險保單！」

李雄「嘩」的一聲從椅子上跳起來：「凶手不但預先知道家裡充滿氯氣，死者身上又有捆綁痕跡，現在再加上高額保險金作為謀財害命動機……走吧，咱們抓人去！」說完就帶著年輕刑警出門。

張倩摸摸明安的頭：「你這發現可算是破案的臨門一腳，功勞不小唷！」

明雪望著因得意而不斷傻笑的弟弟，也感到與有榮焉。

科學破案百科

漂白劑是透過氧化還原反應以達到漂白物品的功效。常用化學漂白劑一般分為兩類：「氯漂白劑」及「氧漂白劑」。其中的氯漂白劑通常會與洗衣粉合併使用，家庭主婦有時亦將它當作消毒劑。

如文中所述，此種漂白劑與廁所清潔劑混合時，容易產生有毒的氯氣；另外，也應注意不要將漂白劑與含氨清潔用品（如玻璃清潔劑）混合，或直接用來清理馬桶尿漬，除了會產生氯氣外，還可能出現一系列氯胺類的化合物，如氯胺（NH_2Cl）、二氯胺（$NHCl_2$）及三氯化氮（NCl_3，具爆炸性）等，這類化合物都有毒！

刻痕跡證緝凶

「我們在這裡停留一小時，十一點請準時回到車上。」帶頭的老師朗聲說道。

明安利用暑假尾聲參加三天兩夜南部科學之旅，參訪地點包括水庫、臺南科學園區、屏東海生館等。這是放暑假前就報名的活動，後來因颱風發生水災，他以為去不成了，沒想到主辦單位說海生館、科學園區等處均不受影響，於是照原定計畫出發。

由於報名的小朋友來自全國各地，第一天大家互不認識，有點生疏。

這一站本來要參觀水庫附近的遊客中心，但車子翻山越嶺抵達目的地，大家正在讚嘆深山裡竟有一棟玻璃帷幕的建築物，卻發現大門深鎖。

主辦單位攔下一輛路過的小客車，詢問怎麼回事；恰好駕駛是附近居民，解釋遊客中心雖沒有因颱風受損，但工作人員全去支援重建工作，這兒將封閉一段時間，還透露前往大壩的路只有部分搶通，大型遊覽車無法進去。

因為附近沒有其他景點，帶隊老師只好讓大家下車走走。

由於團員彼此不熟悉，所以下車後各走各的，有人繞著遊客中心拍照，有人沿著山谷邊緣，觀察被混濁溪水沖毀的小路。明安繞了一圈，覺得無趣，就往建築物後的樹林走去。走了一陣子，回頭看不到同伴，正想往回走，未料樹林濃密，已認不清剛才的路徑。

雖然聽得到潺潺溪水聲，但明安就是走不出樹林。他低頭看看手機，完全收不到訊號，因此愈走愈慌；繞了一大圈，發現又經過同一棵大樹，明安知道自己迷路了。

他深吸一口氣，告訴自己別慌張，畢竟天色還很亮，不會有危險，只要朝同一方向走，肯定能走出樹林，回到公路上，到時向居民求救，就可脫險。於是他盡量維持同一方向，過了十幾分鐘，終於走出樹林。

1 2 3 4 5

剛踏出樹林，就看到一間很大的鐵皮屋，屋前停放客貨兩用的汽車，他心想終於得救了，快步走向前。

「有人在嗎？」明安站在門口朝屋裡喊，無人回應。

他納悶的走近小貨車，心想：車子既然還在，主人跑哪去了呢？由車窗看進去，裡面有些布袋；繞到車子後面，後車廂未關上，可見車主正在裝貨。

「小弟弟，你在找什麼？」身後突然響起沙啞嗓音，明安嚇了一跳，原來是個矮胖的禿頭男子。

明安立刻向對方求援：「我迷路了，你可以帶我回遊客中心嗎？大家應該都在找我。」

胖子笑著安撫：「你先進屋裡等，我們搬完貨再載你去。」

明安恨不得趕快歸隊，但總不能勉強別人放下手邊工作：「屋裡有沒有電話？我想先向參訪團報平安，我的手機收不到訊號。」

「有，你進屋裡打。」胖子指著半掩的門。

明安高興的走進屋裡，看到屋內景象卻嚇了一跳，因為這並非一般住家，而是菇類栽培室。裡面有許多角鋼製成的架子，栽培一層層菇類，但有些架子被推倒，菇類也散落地面，一名留小鬍子、頭髮抹得油亮的年輕男子，正在撿拾掉落地面的菇類。明安認不出那是什麼菇，不過他覺得農夫絕不會這麼粗暴的對待農作物。

明安環視屋內，沒看到電話，心知不妙，於是假裝鎮定：「你們在忙啊？那我自己走路回去好了。」

隨後進來的胖子卻哈哈大笑：「你這小鬼挺機靈的嘛！想脫身？剛才你在門外喊叫，我們心想只要你走開，就放你一馬，偏偏你跑到車子那兒去探頭探腦，我只好把你留下來，免得破壞我們的『買賣』。既然把你騙進來了，你想我還會讓你走嗎？」

「伯伯你在說什麼？我聽不懂。」明安想裝傻躲過一劫。

「少來這一套！告訴你，我們是來偷這些珍貴菇類的，沒想到被你撞見，我們可不能冒著被舉發的危險。」他對小鬍子下達指令，「把他綁起來！」

小鬍子用綁布袋的細繩，將明安雙手反綁背後，扔在牆邊，然後繼續推倒菇架，撿拾菇類。

胖子在一旁催促：「動作快，這小鬼是跟團體一起來的，耽擱太久，會有人來找他。」

明安背靠著鐵皮牆壁，鎮定思索著如何脫困。

不一會兒，贓物都搬上車後，小鬍子問：「老大，這小鬼要怎麼處理？」

「他看清楚咱們的面貌，不能放他走，把他帶上車。」胖子臉上浮現奸詐笑容，「我們可以勒索他父母，這是天上掉下來的禮物！」

小鬍子伸手拉起明安，胖子則推著明安往外走。

「等一下，老大。」小鬍子眼尖，發現明安背後的鐵皮牆面有字跡，蹲下來仔細查看，「這小鬼在牆面留下汽車車號。」

胖子怒不可遏，在明安被反綁的手中找到一根鐵釘：「小鬼，你果然很機靈。剛才你在車子前後東張西望，竟然記下了車號，而且還把它刻在牆上求救，真不簡單。可惜聰明反被聰明誤，等我們收到贖金，非把你做了不可。」

剛才明安雙手被反綁時，就在地上摸索，找尋可用物品，結果找到這根生鏽的鐵釘，靈機一動，把歹徒的車號刻在鐵皮牆面，這樣警方要追查就容易多了；

沒想到被小鬍子看到，計畫終歸失敗。

「我把小鬼帶到車上綁起來，你去工具箱找砂紙，磨掉牆上的車號。動作要快，我們得在搜尋小鬼的人馬到達前離開山區。」胖子下達命令後，小鬍子依言照做。不久，兩人便押著明安，揚長而去。

1 2 3 4 5

主辦單位等不到明安，非常著急，立刻通知當地警方及明安的家人。爸爸帶著明雪趕赴山區，參與搜尋行動；臨走前，他交代媽媽在家等電話，他相信明安一旦脫險，必定會打電話回家。

幸好有高鐵，他們很快抵達南部，再搭計程車抵達水庫附近的派出所。科學之旅主辦人報案後就留在派出所，不斷向爸爸道歉。

爸爸冷靜的說：「現在追究責任無濟於事，找到孩子最要緊，你還是回去照顧其他團員吧！」

當地警力不足，只能由一位管區警員開著警車，載爸爸和明雪挨家挨戶詢問，但沒人看到明安，最後他們來到菇類栽培室。

警員本來不想下車，他說：「這家栽培室的主人是林內鄉民，這幾天回老家清理淤泥，所以沒人在家，明安應該不會在這裡。」

明雪這時卻發現空地上有一枚王建民手機吊飾，急忙下車查看。

確認後，她興奮大喊：「爸，這是弟弟的手機吊飾，他來過這裡！」

警員質疑：「這款手機吊飾很流行，很多小男生都有，不一定是妳弟弟的。」

「但綁住吊飾的中國結是媽媽做的，我確定這是明安掉的。」

警員只好下車走向栽培室，從窗戶查看裡頭情形，他立刻發現不對勁：「主人不在，門也沒關，鐵架全被推倒，菇類一掃而空——這裡遭小偷了！」

明雪立刻發問：「明安會不會因為撞見行竊過程，而被抓走？」

警員沉吟片刻：「有可能，果真如此就不妙了。本以為是單純的兒童走失，現在卻變成重大刑案。」

他們立刻搜索現場，結果明雪在鐵皮牆面發現砂紙磨平的痕跡：「這痕跡很新，會不會是弟弟留下字跡，被歹徒發現而磨掉？」

爸爸點點頭：「非常有可能，以明安的個性，他若被歹徒抓走，一定會想辦法求救或脫困。」

明雪苦惱的問：「如果是他留下的字跡，肯定含有重要破案線索，現在卻被磨平了，我們該怎麼辦？」

爸爸一副胸有成竹的樣子：「在鐵皮刻字必須用極大力量，所以下方晶格會遭到破壞；雖然表面字跡被磨平，但刻過字的地方非常容易氧化，只要善用此原理，就能使字跡浮現。我們拆下鐵皮，送給刑事鑑定專家，他們有很多方法重現

有被砂紙磨平的痕跡……

字跡。」

「我知道這家主人把工具箱放在哪裡，我去拿。」警員找來一些工具，小心翼翼的拆下鐵皮。

明雪問：「接下來怎麼辦？」

爸爸詳細回答：「把鐵皮泡進酸性水裡。因為被破壞的金屬容易生鏽，經過一天，明安刻的字就會浮現出來。」

「這原理我懂，基於同一原理，車子如果被撞擊，雖然可用板金技術恢復美觀，但被撞過的地方還是容易生鏽。」明雪話鋒一轉，「但要等一天，是不是太久了？弟弟如果目睹歹徒面容，會不會很快就被滅口？」

警員提議：「還是先把鐵皮送回警局再說。這是警方的證物，請讓我依程序送給上級處理吧！」

「依程序送給上級處理？那不是更來不及嗎？」明雪心慌的嚷嚷著。

但三人想不出別的辦法，只好將鐵皮送回派出所。這時，明雪發現警官李雄與鑑識專家張倩正在派出所內與所長談話。

「李叔叔、張阿姨，你們怎麼會在這兒？」明雪看到他們，高興極了，知道弟弟有救了！

李雄表情嚴肅：「妳媽媽接到歹徒電話，對方要求巨額贖金，她只好先虛與委蛇，延後付款時間。因為你們在山區，手機收訊不良，所以她就直接先向警方報案。」

張倩接著說：「案件已升級為綁架勒贖，我和李警官正好被派往南部支援災後調查工作，上級就指定我們過來協助。」

爸爸焦急的問：「綁架？明安還平安嗎？」

李雄點點頭：「歹徒讓他和媽媽說了幾句話，目前仍舊平安。但時間緊迫，慢了恐怕……」

「可是，爸爸建議的方法需要一天的時間，我怕來不及救弟弟。」明雪急忙把拆下的鐵皮拿給張倩，並描述現場情形。

張倩安撫她：「別擔心，這次水災造成重大損失，許多大體、車輛都需要檢驗鑑識，所以我把儀器裝在車裡，帶了過來，這種情況正好可以使用磁束探傷法解決。妳找張乾淨的桌子，我馬上把儀器帶進去，幾分鐘內就會有結果。」

明雪小心翼翼的將鐵皮平放在桌上，張倩提著一部形狀像ㄇ字的儀器進來，讓儀器橫跨被磨平的字跡兩端，邊啟動儀器，邊解釋給明雪聽：「這兩端分別是電磁鐵的N極和S極，磁力線由N極射出，經由外部回到S極，鐵皮受過損傷的地方附近，磁力線會較密集。」

接著她請李雄抓住儀器，她自己取出裝有橡皮球的小瓶子，並將瓶口對準被磨平的字跡，按下橡皮球：「這是一種特製的油，裡面有細微鐵粒懸浮。把油噴灑在鐵皮上，細鐵粒就會集中在磁力線較強的地方——妳瞧，字跡浮現了，是英

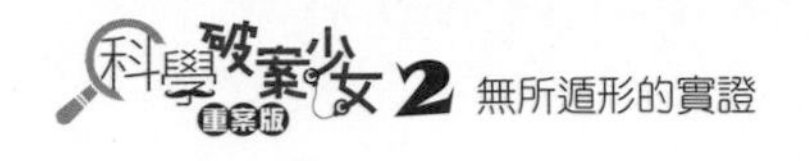

文和數字組成的字串：「HP-804……」

明雪不解：「這是什麼號碼？」

李雄笑著回答：「應該是汽車牌照號碼，可能是明安留下歹徒作案用的汽車號碼，要我們循線追查。我立刻上警用電腦調查。」

明雪感激的說：「張阿姨，還好妳使用這麼先進的儀器，我們才能快速破解被磨去的字跡。」

張倩進一步對著明雪和爸爸解釋：「如果歹徒搶奪軍警槍枝或偷竊汽、機車，通常會磨掉槍枝及引擎號碼，避免警方追緝。從前是用陳爸爸所說的鏽蝕方法，讓號碼重現，但除了比較耗時，鏽掉的鐵器也不能恢復原狀，會永久破壞證物，所以現在我們優先採用磁束探傷法。工業上也可使用這種方法，找出鐵製機械或鐵管有裂縫之處，避免意外發生。」

這時，李雄已由車牌號碼追查出車主身分：「查到了！對方是偷竊慣犯，剛出獄不久，住在南部。」

數名警員陪同李雄前往逮捕歹徒，一小時後就傳來好消息——警方成功制伏兩名歹徒，並救出明安。

1 2 3 4 5

明安搭著警車回到派出所後，爸爸除了心疼的抱抱他，也忍不住責怪：「出外旅遊怎能隨意脫隊？」

明安知道自己錯了，一再向大家道歉。

管區警員好奇的問明安：「這些歹徒狡猾又細心，連你偷偷刻在牆上的字都被發現，他們一定會提高警覺，你怎麼有機會留下手機吊飾？」

「他們磨平牆上字跡時，我趁機取下手機吊飾，藏在手心裡。上車前，歹徒沒收我的手機，把我關在後車廂，和偷來的菇類堆在一起。我趁他們不注意，把吊飾丟到車子底下，因為車子很快駛離，歹徒根本不知道我又留下線索。」

派出所所長摸摸他的頭：「小朋友，還好你機警，我們追查的速度才能這麼快。這兩名歹徒很凶惡，遲一點展開救援行動的話，恐怕就來不及了。以後別再任意脫隊，知道嗎？」

明安點點頭，再次道歉，也謝謝全體警察伯伯的辛勞。

科學破案百科

大家對於磁鐵瞭若指掌，但你可知什麼是磁力線？

磁力線是假想的線，英國科學家法拉第為了解釋磁場的大小和方向，而提出磁力線概念。

磁力線是封閉曲線，由磁鐵的 N 極射出，S 極進入，絕不會有分叉或會合的現象，所以任兩條磁力線不會相交。因為是假想的線，當然看不見，但有些簡單實驗能讓它「現形」：在磁鐵上平放一張西卡紙，均勻撒上鐵粉，接著輕輕拍打紙張，鐵粉就會因受力而排列成許多細線──雖然這不是磁力線，但可幫助我們想像磁力線的模樣！磁力線密度最大的地方，就表示磁場最強，那正是 N 和 S 兩極的位置。

故事中所指鐵皮受損的地方磁力線較密集，是因為受損處的磁力線比較不容易通過，等於是鐵粉被迫通過損傷處下方，因此受損地方附近的磁力線會較密集。

案件 9

詐欺鍊金術

終於放寒假了！經過一學期的緊張生活，明雪和明安終於可以鬆一口氣。這學期中，兩人都曾因為班上有同學感染H1N1而停課五天，所以直到期末考前的最後一個假日，才把課補完。

在結束考試壓力與長期未放假的折磨後，兩人都迫不及待想去度假，但爸媽沒空帶他們出去玩，因此姊弟倆打算自己去度假。只是，去哪裡好呢？

「到鶯歌的姑婆家住幾天好了，不但可以每天爬山，還能參觀陶瓷博物館，而且，姑婆煮的菜超好吃！」明安想到不花錢又能開心度假的好去處。

「那是姑婆自己種的菜，不灑農藥，現摘現炒，當然好吃。」明雪非常贊成這個提議，因為爸媽一定不放心他倆外宿，如果是到姑婆家，肯定沒問題。

果然，爸媽欣然同意，卻不忘叮嚀他們：「在姑婆家不可以賴床，要多運動，寒假作業也要按時寫。」

「好啦，沒問題！」為了能夠成行，姊弟倆當然一口答應。

1 2 3 4 5

姑婆家在鶯歌石下方不遠處，雖然門前是馬路，門後卻有個小庭院可以種菜。小庭院後方就是登山步道，只要走過一小段陡峭階梯，就能抵達知名的鶯歌石。這塊巨石因為由某個角度看去很像鶯歌鳥，所以被稱為鶯歌石，小鎮名稱也由此而來。

登山步道四通八達，連接好幾座廟宇，登山口還有一間孫臏廟。總之，小鎮籠罩在濃濃的宗教和文化氣息中。

姑婆很歡迎兩姊弟的到來，因為她的兒子在外地工作，只剩她老人家獨居於小鎮上。雖然兒子每個月都會寄生活費，可是姑婆仍堅持自己種菜、賣菜，即使菜園小、獲利不多，但她只求能勞動健身就好。

屋子裡多了兩個小孩，頓時熱鬧起來。當天晚上，姑婆還到後院摘取新鮮蔬菜，炒了幾樣拿手好菜，讓他們大快朵頤。

隔天清晨六點，姊弟倆還在睡夢中，就被姑婆叫醒。

「明安、明雪，起床囉！我們到山上走走。」

明安睡眼惺忪的看了一下手錶，哀號出聲：「什麼？才六點多就要去爬山？會不會太早了？」

姑婆笑嘻嘻的回應：「不早囉！我五點就起床，已經忙完菜園裡的工作了。現在到山上走走正好，我等一下還要到市場賣菜呢！」

冬晨的天色有些迷濛，但登山步道上已有許多早起健身的人。前往鶯歌石的步道很短，但明雪和明安在期末考前埋首苦讀，缺乏運動，體力大不如從前，走得氣喘吁吁；七十多歲的姑婆反而健步如飛，不斷回頭催促他們走快一點。

這時，兩名老人迎面走來。前面那位髮鬚全白，罩著一件藍色長袍，仙風道骨；後面那位雙手合十，非常虔誠。

明雪和明安認出後面那位是姑婆的隔壁鄰居阿根伯，便禮貌的打招呼：「阿根伯早！」

阿根伯也是個獨居老人，很喜歡明雪和明安，總是拉著他們問長問短，這次卻一反常態，只抬頭看了一眼，就跟著藍袍老人下山。

明安不解的問：「阿根伯怎麼不理我們？」

姑婆搖搖頭：「我也不知道怎麼回事。自從三天前那個白鬍子道士到他家後，阿根就變得很奇怪，每天清晨都跟著道士到山上作法，然後關在家裡裝神弄鬼。算起來，他已經三天不說話了。」

明雪和明安知道原委後，默默的跟著姑婆前進。好不容易走到鶯歌石，三人往山下眺望，正好看見小鎮在晨曦中甦醒，不禁心曠神怡。

待了好一會兒，姊弟倆步下階梯，心想總算撐完晨間運動，就往姑婆家走。沒想到姑婆卻制止他們，說什麼要到廟裡拜拜。

參拜完各座廟宇，明雪和明安已累得兩腳直發抖，差點走不動。回程經過阿根伯家後院時，一股嗆鼻味迎面而來，由於步道地勢較高，姊弟倆便探頭往院子裡望，只見藍袍老人正拿著杓子在陶鍋中攪動，臭味就是從那裡飄散出來；阿根伯則跪在一旁，雙手合十，似乎在默念經文。

回到家中，姑婆交代兩人稀飯在爐子上後，就挑著清晨摘取的青菜，到市場去了。明雪和明安吃過早餐，決定到陶瓷老街逛逛。

今天不是假日，街上有點冷清，兩人就隨意閒逛。忽然，他們看見阿根伯懷裡揣著白色帆布袋，低著頭，行色匆匆。基於禮貌，明雪和明安還是恭敬的鞠躬問好，阿根伯雖停下腳步，卻沒有說話。

姊弟倆只好又喊了一聲：「阿根伯好！」

阿根伯為難的東張西望，確定周遭沒人在看他後，小心翼翼的從口袋掏出兩枚銀白色錢幣，遞給明雪和明安。

他壓低嗓門，神祕兮兮的說：「這兩枚銀幣送你們，暫時不要告訴別人！阿根伯偷偷告訴你們，我快發大財了，以後再給你們更多錢；到時候別說是銀幣，連金幣都沒問題！」語畢，他就匆匆忙忙的走了。

明安把玩著銀幣，興奮大喊：「哇，銀幣亮晶晶的，好漂亮喔！」

明雪則不斷翻轉銀幣，陷入沉思。片刻後，她突然拔腿就跑，邊跑邊回頭說明：「明安，我們快回姑婆家，我要做一個實驗！」

明安的腳還有點痠，不禁抱怨：「幹麼那麼急？慢慢走回去就好了嘛！」

「現在沒時間解釋，我怕來不及！」明雪不願放慢腳步，明安也只得朝著姑婆家狂奔。

一進屋裡，明雪就找來鑷子夾住銀幣，然後命令弟弟：「幫我打開瓦斯爐。」接著，她將銀幣放入火焰中，明安見狀，吃驚的說：「姊，銀幣這麼珍貴，妳幹麼把它燒掉？」

明雪無暇回答，再度提出要求：「你快到窗口監視阿根伯家，看看有什麼人進出！」

明安雖然有些不服氣，但也清楚姊姊的推理功力和科學知識比他強太多了，所以只得乖乖照做。不一會兒，他看見阿根伯抱著帆布袋，匆匆回家——看來，姊姊剛才跑得那麼快，就是想趕在阿根伯回來前抵達姑婆家。可是，阿根伯到底

出了什麼事情呢？

這時，明安聽到明雪關上瓦斯爐的聲音，接著還撥打電話，輕聲交談。掛上電話後，她走到明安身邊，小聲詢問：「有誰進出阿根伯家？」

「只有阿根伯進入屋裡而已。姊，到底怎麼回事？」明安按捺不住好奇心，急急的問。

就在此時，藍袍老人步出阿根伯家，明雪暗叫一聲「糟糕」，馬上衝出姑婆家，明安也跟了上去。

明雪雙手大張，攔住藍袍老人的去路：「老先生，請留步。」

藍袍老人又驚又怒，作勢要打明雪：「小妹妹，妳憑什麼擋住貧道的去路？再不讓開，貧道可就不客氣了！」

明安雖然不懂姊姊為何要這麼做，但還是本能的站到明雪前面保護她。

明雪指著老人懷裡的白色帆布袋，說：「我猜，這包東西是阿根伯的錢。只要你還給他，我就放你走。」

「胡鬧！這是他拜託貧道收下的！不信的話，妳自己問他。」藍袍老人往後一指，指向站在自家門口的阿根伯。

阿根伯急忙澄清：「明雪，你們別管這件事。我說過了，等我發財，會分給你們的。」

藍袍老人一聽，勃然大怒：「原來你告訴他們了，難怪他們會來搗蛋！我不是警告過你嗎？這件事若讓其他人知道就不靈了。」

阿根伯汗如雨下的急忙解釋：「我、我真的什麼都沒有說，只說……等我發財，會分錢給他們。」

「阿根伯確實什麼都沒說，是我猜出來的，畢竟你這點小把戲還瞞不過我！阿根伯，這人是騙子！」明雪正氣凜然的說。

阿根伯似乎十分敬畏藍袍老人，連忙駁斥：「明雪，妳別亂說話！這位道長修得一種高超法術……」

「能把銅幣變銀幣，對不對？」明雪插嘴道。

聞言，明安掏出阿根伯給他的銀幣仔細觀看，心想：「這枚銀幣真的是由銅幣變的嗎？」

阿根伯吃驚的說：「我又沒講，妳怎麼知道？何況不只如此，他還能把……」

「把銀幣變金幣，就像這樣，對不對？」明雪晃晃手上黃澄澄的金幣。

阿根伯更摸不著頭緒了：「這不是我送妳的銀幣嗎？妳年紀這麼小，也懂得高深法術喔？」

明雪笑著回應：「對呀，這門法術叫『化學』，但是，我不會用來騙人。」

這時，沉默已久的藍袍老人突然抓著帆布袋，迅速閃過明雪，鑽進對面的巷子。明雪和明安趕緊追過去，卻見巷子的另一頭走出兩名警察，他們二話不說，立刻架回藍袍老人。

「小姐，妳報案時指稱的騙徒就是他嗎？白髮白鬍鬚，又穿著藍色長袍——我想，應該錯不了。」一名員警沉聲詢問明雪。

明雪點頭稱是，阿根伯卻被弄糊塗了，不斷追問到底怎麼回事。

明雪好心說明：「阿根伯，銅幣就是銅幣，不會變銀幣啦！早上我們向你打招呼，你都不回答，我就覺得很奇怪……」

「歹勢啦！他說施行法術前，絕不能透露細節，所以我都不敢跟別人說話。」阿根伯不好意思的搔搔頭。

明雪無奈的歎了口氣：「你被騙了啦！他怕別人拆穿他的把戲，所以禁止你洩露祕密。我們下山時正巧經過你家後院，聞到一股嗆鼻味道，又看見他在攪動陶鍋，我就猜想他在進行某種化學實驗……」

「不是啦，他是在施法！他先在鍋中放水，連同兩種藥材一起熬煮，等到快滾的時候，再丟幾枚銅幣進去。大約幾分鐘，銅幣就變銀幣了！」阿根伯竊竊私語，深怕這個天大的致富方法洩露出去。

明雪知道阿根伯還是不相信自己被騙，就一一拆穿騙術：「那些藥材中，有強鹼性的氫氧化鈉和鋅粉。鋅是兩性金屬，與強鹼反應後會產生氫氣與鋅酸鈉；而氫氣帶動雜質上來，所以有嗆鼻氣味。」

「妳在說什麼？我都聽不懂。」阿根伯被化學名詞搞得頭昏腦脹。

明雪也不想費口舌解釋，只說：「總之，銅幣變銀幣是騙術，只是鋅鍍在銅幣上後呈銀白色，讓人誤以為是銀幣。我們在陶瓷老街相遇時，你給我們兩枚銀幣，又說快要發大財，我才推測你可能被騙了，而且帆布袋裝的肯定是錢。如果你還是不相信，我可以實驗給你看。」

語畢，她接過明安手中的銀色錢幣，把眾人帶進姑婆的廚房——當然，兩名警察也把藍袍老人押進屋裡。

明雪再度點燃爐火，用鑷子夾住銀色錢幣放在火焰中，並不時移動，使得錢幣表面均勻受熱。不到一分鐘，銀白色錢幣變成金黃色，明雪便把錢幣丟入水杯中冷卻，再取出交給阿根伯：「阿伯，這就是你要的金幣。」

阿根伯把玩著金幣，內心五味雜陳：「這個可惡的騙子竟然跟我說，他需要更貴的藥材施行銀幣變金幣的法術，所以我才把銀行裡的存款全部提出來。原來只要用火烤，銀幣就會變金幣，那我要回家自己燒製金幣了⋯⋯」

聞言，明雪趕緊拉住他的手，把金幣拿回來：「阿伯，你別急著走，我再表演另一個法術給你看。」

她再度把金幣放到火焰裡烤，接著取出冷卻，沒想到，金幣又變回銅幣了！

阿根伯急得直跳腳：「妳這孩子怎麼這麼笨？把值錢的金幣變成不值錢的銅幣，這種法術誰要學？」

明雪笑著解釋：「阿伯，從頭到尾都沒有金幣。剛才鍍鋅的銅幣被火一燒，鋅與表面的銅混合，形成金黃色的黃銅，讓你誤以為是金幣。如果繼續用火燒，鋅與內部的銅會再度混合，因為銅的比例提高，錢幣便恢復為原來的顏色——這一切都是騙術。」

至此，阿根伯終於相信自己被騙了，氣憤難平的指責藍袍老人沒良心。待阿根伯的情緒稍微平復後，警察叮嚀他別再輕易上當，就將戴上手銬的騙徒押走。

阿根伯非常感激兩姊弟，不好意思的說：「感謝你們救回我的老本，我要怎麼酬謝你們呢？」

明安玩心大起：「阿伯，你把手上那堆銀白色錢幣送給我，好不好？」

「反正是假的，就送給你玩吧！」阿根伯把所有假銀幣交給明安後，便自行回家了。

明安與匆匆的向姊姊請教加熱錢幣的方法，把一枚枚銀白錢幣燒成金黃色。

當他玩得正開心時，卻聽見姑婆略帶怒氣的聲音在他背後響起：「明安，誰教你玩火的？」

明安嚇了一跳，回頭看見姑婆板著面孔，就急忙奉上黃澄澄的金色錢幣：「姑婆，我正在燒製金幣，要送給您老人家！」

姑婆噗哧一聲笑了出來：「小鬼，你連姑婆也想騙？我剛才在門外碰到阿根，他把你們兩人揭穿騙子的經過，全告訴我了。你們真不簡單，姑婆中午炒幾盤拿手好菜犒賞你們！」

明雪和明安高聲歡呼，直說這趟度假真是來對地方了！

科學破案百科

文中，明雪破解了銅幣變金幣的假象，如果大家有興趣，可用一元硬幣做實驗—但是要記得，必須在師長監督或安全無虞的情況下，才能進行喔！

首先，氫氧化鈉水溶液（NaOH）和鋅粉（Zn）加熱反應後，會產生氫氣（H_2），反應式為：$2\ NaOH + Zn \rightarrow Na_2ZnO_2 + H_2$

因反應過程中會產生可燃性的氫氣，所以最好不要用火加熱，可改用電磁爐加熱，或直接以鋅粉與硫酸鋅水溶液混合加熱，就不會產生氫氣。

在溶液即將沸騰時，把乾淨的銅幣投入，其表面就會鍍上一層鋅。此時，鋅含量45%以上的鋅銅合金讓錢幣呈銀白色，宛如銀幣一樣。若再把「銀幣」拿去火烤，表面的鋅和銅會再度混合，形成黃銅（鋅銅合金）。由於會呈現黃澄澄的金色，很容易讓人誤認自己有「點銅成金」 的法術喔！

案件 10

紫外線反射下的悲戀

今年暑假，明雪和惠寧一起報名參加三天兩夜的生態研習營，地點在墾丁。學生住在離墾丁大街不遠的一家大飯店，通常早上就在飯店的會議室上課，下午則搭遊覽車到山巔海角觀察生態。

昨天是第一天過夜，吃完晚餐後的自由活動時間，是全體學員最快樂的時光。明雪趁天色尚未變暗前，先到飯店後面的樹林散步；等天色暗了，墾丁大街也熱鬧起來，再和惠寧一起逛街。

今天是第二天，上午課程是由一位年輕女老師講授的「蝴蝶行為研究」。她叫做林茵，剛拿到生物碩士學位；由於非常年輕，很容易和學生打成一片，全班

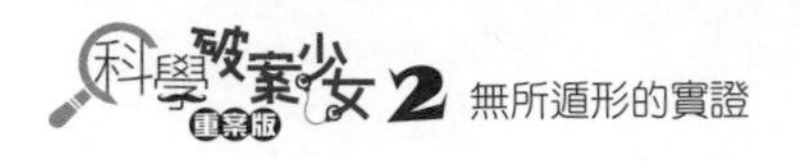

都聚精會神的專心聽講。

林老師帶來的筆記型電腦裡，存放很多自己拍攝的蝴蝶照片，她一一秀在螢幕上給同學欣賞。

她解釋：「雄蝶一生可以交配很多次，但雌蝶通常只有一次，所以雌蝶要慎選交配對象，才能生育優良下一代。至於雌蝶要怎麼挑選雄蝶，就是我的研究主題喔！」

說著，林茵拿出一臺相機：「這是普通的單眼相機，但加上紫外濾片後，就會有『特異功能』！」

明雪瞪大眼，盯著林茵手上的黑色濾片，有種似曾相識的感覺。

惠寧搶先發問：「老師，妳手裡的塑膠片是黑色的，要怎麼透光呢？」

林茵笑著回答：「紫外線本來就看不見呀！人類看得見的光線叫可見光，用三稜鏡能把可見光大約分成紅、橙、黃、綠、藍、靛、紫等顏色；紫外線是一種人類肉眼看不到的電磁波，這種電磁波能量很強，它可以穿透黑色濾片。」

「既然看不見，拍出來的照片不就黑漆漆，那有什麼用呢？」同學們七嘴八舌的討論。

老師將紫外濾片裝在鏡頭前，耐心解釋：「我們雖然看不到紫外線，但這種光線透過濾片打在底片上，卻會引發底片上的溴化銀感光，等沖洗出來，就看得到物體反射紫外線的影像了。」

「老師，可以借我看一看嗎？」活潑的惠寧伸手向老師借相機。

和藹的林老師隨手遞給她：「小心別摔壞。」

同學們還是不懂，議論紛紛：「這麼麻煩做什麼？照片會比較漂亮嗎？」

這時，惠寧把鏡頭對準老師，迅速按下快門，教室裡響起喀嚓聲。

林老師不予理會，繼續回應同學的疑問：「不，因為只有感光與不感光兩種結果，所以沖洗出來的照片只有黑白兩色。」

「那……為什麼要加裝這種濾片？」惠寧好奇追問。

林老師回到講桌前，按下電腦鍵盤，螢幕上立即秀出照片：「這是我用一般單眼相機拍攝的荷氏黃蝶，左邊是雄蝶，右邊是雌蝶，你們看得出這兩隻蝴蝶有什麼不同嗎？」

照片裡的兩隻黃色小蝴蝶，翅膀邊緣都有黑色圖案，全班同學睜大了眼，開始討論起來：「嗯……大小有點不同，翅膀的圖案也有點不一樣……可是，不會相差很多，很難區別雌雄吧！」

老師切換到下一張照片：「這是我在鏡頭前加上紫外濾片拍攝的結果，叫做紫外線反射攝影。現在你們再比較一下，雄、雌蝶有什麼不同？」

螢幕上的雌蝶翅膀變成黑色，雄蝶翅膀雖然也變暗一些，但和雌蝶相比卻明亮得多，很容易就能分辨。

明雪恍然大悟：「蝴蝶就是用這一點區別雄性與雌性嗎？」

「應該是，因為蝴蝶可以看到紫外線，所以雌蝶能看出雄蝶翅膀反射的紫外線，絕對不會搞錯。不過每種蝴蝶都不太相同，無法一概而論。」

林老師點出另一張照片，只見褐色蝴蝶的翅膀上有一長串白色圓點：「這是一種熱帶蝴蝶，翅膀上最大的白色斑點很像眼睛，早先科學家都以為白色眼斑愈大的雄蝶，愈容易與雌蝶交配成功。可是用紫外線反射攝影研究發現，白色眼斑中有個空心圓圈會反射紫外線，雄蝶看到雌蝶時振動翅膀，一方面散發費洛蒙，一方面刺激雌蝶的視覺——在她看來，雄蝶振動翅膀時，反射紫外線的白圓圈會一明一暗，就像打閃光燈。」

「真有趣！」學生們對於自然界不可思議的巧妙安排，都不禁讚嘆。

老師再次強調：「在科學研究上，這種紫外線反射攝影有很多用途。今天下午到野外賞蝶時，我要你們用這臺加裝紫外濾片鏡頭的相機拍攝，然後比較看看和肉眼所見有何不同？」

下課時間到了，惠寧打算把相機交還老師，沒想到有人大喊：「林老師，外面有人找妳。」

只見一位高大挺拔的男士站在會議室門口，林老師笑著說：「那是我的未婚夫蔡家廷，我要他等我上完課，今晚再接我回臺北，沒想到他那麼早抵達。那……我陪他去外面吃飯，各位同學，我們下午課堂上見囉！」

調皮的惠寧笑著發問：「老師，他追妳時有打閃光燈嗎？」

林老師輕拍惠寧的頭：「小鬼，別胡說。相機妳先保管，我們下午要到社頂公園賞蝶，記得帶著相機。」說完，她就跟蔡先生走了。

1 2 3 4 5

學員吃過飯店提供的午餐，稍事休息，就到飯店後方的停車場，坐在遊覽車上等林老師。

她大約遲到二十分鐘，才慌慌張張的跑來。見她隻身一人，同學們起鬨：「準師丈不跟我們一起賞蝶嗎？」

林老師臉上一陣青、一陣白，過了一會兒才支支吾吾的說：「他……他臨時有事，先趕回……臺北了。」

車子很快就抵達社頂公園，同學們興高采烈的拉著老師，要求她講解；但老師有點心神不寧，不像早上講課時那樣精采，大家竊竊私語，認為老師一定是因為準師丈沒有按照約定接她回臺北，所以心情不好，同學們只好自己找樂趣，邊賞蝶邊拿著那臺相機拚命拍照。

觀賞完畢，遊覽車載著大家回飯店。

在車上，林老師取出底片交給惠寧：「我急著回臺北，所以要帶走相機。這卷底片是你們拍的，惠寧，妳負責拿去沖洗吧！」

惠寧很興奮，一下車就急著往墾丁大街衝，還交代明雪：「我想先到照相館沖印，應該來得及趕上飯店吃晚餐；萬一來不及，就幫我留點菜。」

明雪問她：「妳急什麼？晚餐後我再跟妳一起去。」

「我急著想看拍攝的結果嘛！」說完，她就一溜煙跑了。

明雪對於好友的急性子只能頻搖頭。走進飯店大廳，她看到一名美豔嬌小的女子和警察站在櫃臺前，與飯店經理交談。

經理一看到林老師就對警察說：「你們要找的人就是她。」

林老師聽到警察要找她，嚇得魂不附體：「你們……有什麼事？」

員警簡單說明情況：「這位張小姐報案，說她陪一位蔡先生來墾丁找妳談判……」

「談判？」圍觀的學生都大感意外。

張小姐大聲的對林茵說：「家廷是來找妳攤牌的，他想和妳解除婚約，與我結婚，但他怕我們見面會起衝突，先帶我到另一家飯店等，他獨自來和妳談判。可是我等到下午三點還沒見他回來，在這家飯店也找不到人，只好報警。說！妳把他藏到哪去了？我們租來的車還停在這裡，他不可能跑到別的地方。」

林茵這時已恢復鎮定，冷靜的說：「家廷跟我談過後，還是覺得我比較好，已經搭客運先回臺北了。他要我轉告妳，自己把汽車開回去還。」

備感震撼的學生們議論紛紛：「準師丈竟然有了別的女朋友，難怪老師下午心神不寧……」

警察覺得當眾對質極為不妥，就詢問林茵：「張小姐既然報案了，我們也不能不管，能否請妳跟我們到派出所做筆錄？」

林茵為避免尷尬，便同意和張小姐一起到派出所。

其他同學也漸漸散去，等著開飯，只有明雪坐在大廳思索這起突如其來的事件。這時，惠寧與匆匆的跑進來：「明雪，妳看，我拍到好多蝴蝶！」

思慮被打斷的明雪，只得陪同惠寧欣賞那疊照片，突然，她抓起其中一張，仔細端詳後，一把搶過其他照片翻找，抽出另一張照片。

惠寧被她奇怪的舉止弄糊塗了，遲疑的問：「妳……怎麼啦？」

明雪默不作聲，仔細比對兩張照片後，正色對惠寧說：「這兩張照片借我一下，其他的妳先拿去給大家看。」

說完，她就站起來往外走：「我到派出所一趟，可能來不及回來吃晚飯，不必等我。」

惠寧壓根兒不知道警察來過飯店，完全搞不清楚明雪在說什麼，但明雪已經跑遠了，她只能嘟嘴抱怨：「哼！每次都說我性子急，我看妳的性子更急。」

來到墾丁派出所的明雪要求見林茵，值班警員說：「他們還在做筆錄，稍等一下。」

明雪堅定的搖搖頭：「我現在就要見她，免得她犯下更大錯誤……」

正好一位胖警員巡邏回來，聽到她和值班警員囉嗦，就過來關心怎麼回事，卻發現明雪很面熟：「咦？妳不是上次在恆南路幫忙尋找人質的小偵探嗎？因為妳的推理，我們才能在屏鵝公路攔下歹徒，救出人質，我對妳印象很深刻呢！」（請見〈GPS緝凶關鍵——銀汞齊〉）

「對，就是我！」明雪也認出對方是當時開巡邏車的員警，便急忙向他請求要立即見林茵一面。

胖警員弄清來龍去脈後，立刻向主管報告。在他的強力保證下，主管終於同意請員警暫時帶開張小姐，讓明雪私下和林茵交談。

明雪開門見山就說：「林老師，做筆錄時如果說謊會加重刑罰，請妳三思，務必懸崖勒馬！」

「說謊？我說什麼謊？」林茵雖臉色有異，但仍嘴硬。

明雪鎮定的說：「妳告訴我們蔡先生已經回臺北，但事實上他受傷了，可能還留在壂丁。他到底怎麼受傷的？現在人在哪裡？快點向警方坦承，免得鑄成大錯！」

林茵吃驚的說：「妳怎麼知道他受傷了？」

明雪拿出兩張紫外線反射攝影的照片：「這是惠寧早上在會議室拍的，另外這張則是下午在社頂公園拍的，主角都是妳，妳看看有什麼不同？」兩張照片上，林茵都穿著黑色T恤，但下午拍攝的照片中，T恤上多了許多深色斑點。

知道露出馬腳的林茵，臉上露出驚恐表情。

「妳對紫外線反射攝影很在行，應該知道這種攝影技術在刑事鑑定上，可用來檢驗血跡、火藥、塗改的筆跡等。因為妳穿黑色T恤，就算沾上幾滴血也看不出來，所以在社頂公園時沒人發現異狀，但在紫外線反射攝影下卻無所遁形。我曾在張倩阿姨的實驗室看過她用紫外線反射攝影找出血跡，當我看到這兩張照片，就知道中午妳和蔡先生獨處時出事了——他不但受傷，血跡還噴濺在妳身

上。」

林茵仍在掙扎是否要全盤托出。

明雪溫言提醒她：「妳身上這件T恤一直沒機會換下，我可以請警方立刻送去化驗，這是騙不了人的。現在除了擔心妳在做筆錄時說謊，我還擔心蔡先生的安危——他受的傷嚴不嚴重？他真的離開墾丁了嗎？」

承受不了內心折磨的林茵淚流滿面，終於承認犯行：「我們走到飯店後面那座樹林時，他突然要求解除婚約，我們因此發生爭吵。我一氣之下推了他一把，沒想到他卻跌倒在地，頭部撞到岩石而血流滿面……我喊他幾聲，他都沒有回應，我一時心慌，就跑回來……」

明雪立即告知外面的員警，請他們協助搜尋：「蔡先生可能還在飯店後面的樹林裡，他受傷了，你們快去救人！」

胖警員和搭檔一馬當先打開警笛，開著巡邏車就出發了。

林茵後悔萬分，喃喃自語：「我是不小心的，不是存心要害家廷……他實在太傷我的心了，再加上剛才張小姐盛氣凌人，我嚥不下這口氣，才不想當她的面承認……」

不久，胖警員傳來好消息：他已找到受傷昏迷的蔡家廷，並立即將他送醫。疲累的明雪回到飯店時，發現惠寧為她留了點飯菜，十分感激。

約莫八點左右，胖警員離開醫院後就直接到飯店找明雪，再次對她的破案功力讚不絕口：「幸好妳突破林茵的心防，我們才能及時救出蔡家廷。醫師說他失血過多，再遲一點送醫，可能就來不及了。」

明雪雖掛著笑容，心中卻沒有一絲歡喜，她為林茵老師感到惋惜。老師專門研究雌蝶的擇偶行為，自己卻遇到負心漢，真是令人不勝唏噓。

科學破案百科

紫外線反射攝影是特殊攝影的一種，如文中所述，因為人類肉眼無法看到可見光以外的光，例如紫外線及紅外線，所以透過紫外線反射攝影可幫助找到許多刑事證據，例如血跡、唾液、分泌物、排泄物、化學溶液、竄改筆跡，及附著在陶瓷等物體上的指紋。

紅外線攝影則多使用在夜間拍攝，尤其是軍事偵察，讓軍隊即便在完全黑暗的環境中，也能看清周圍環境，準備作戰。

由於紅外線波長較長，絲質或尼龍材質等布料反射較少，造成紅外線穿透絲織物，被下方物體反射；如此一來，絲織物等於呈半透明狀態，就是所謂的透視功能。不過對於棉、麻等布料，紅外線的穿透效果較差。

紙上感熱留跡證

明安放學才剛到家，爸爸就焦急的問他：「你還記得上個月，我曾經拿停車單叫你到超商繳費嗎？」

明安感到爸爸的語氣有點不高興，他回想了一下，說：「有啊，我拿到巷口那家超商繳的啊！」

爸爸揚了揚手上的一張單據問：「那市政府的停車管理處怎麼會寄通知來要我補繳？而且還說未按期繳納，要追繳停車欠費及工本費。」

媽媽在旁邊提醒明安：「快把收據找出來就沒事了。」

明安跑到廚房去找，因為他們家習慣把收據用磁鐵吸在冰箱上。可是現在冰箱上有一大堆收據，到底是哪一張呢？

明安把一堆收據都拿下來找，卻發現收據大多已經泛白，很難辨識上面的字跡。幸好由模糊的字跡中，勉強仍可辨認出其中一張有「停車費代收」等字樣。明安抽出那一張收據，回到客廳，拿給爸爸。

「應該是這一張……」

「應該？你也不確定嗎？」爸爸接過收據一瞧，他立刻就明白明安為什麼無法確定了，並說：「唉，都褪色了。」

媽媽問：「那怎麼辦？我們已經按規定繳費，也保存了收據，難道還要受罰嗎？這太不公平了。」

爸爸嘆了口氣說：「因為這種收據都是用感熱紙製成的，如果照到紫外線，就會慢慢褪色。因收據字跡消失而引發糾紛，早就時有所聞。我們家廚房採光很好，所以陽光直接照在冰箱上，紫外線強烈，才會造成感熱紙的字跡褪色，我看以後另外準備一個牛皮紙袋收集這類收據，應該就不會有這種情形發生了。」

媽媽仍然不平的說：「這次就只能自認倒楣嗎？」

爸爸說：「還好這張收據上的字跡只是模糊，還沒完全消失，明天我拿去停車管理處申訴，應該沒有問題。」

這時，明雪也放學回到家了，聽到這件事，她關心的竟然是——「我一直很好奇這種感熱紙為什麼會出現字跡？」

爸爸說：「嗯，我今天在辦公室正好收到一份傳真，傳真紙也是感熱紙做的。」接著他由公事包中拿出一張傳真紙。

「傳真上的資料我已經看過，我現在就用這張紙做幾個實驗給你們看，你們可以一邊告訴我你們的推理。」

「推理？」明安問：「這是偵探在辦案嗎？」

爸爸笑著說：「科學家做研究和偵探辦案很類似，都是由蛛絲馬跡中找出事實的真相。」

爸爸把傳真紙撕成幾片，拿其中一片要明安摺紙飛機，明安摺好之後，爸爸就用吹風機對著紙飛機吹熱空氣，結果紙飛機變成黑色。

「好啦，小偵探，你們的推理是什麼？」

明安搶著回答：「它遇到熱會變黑，所以才叫感熱紙啊！」

爸爸點點頭說：「很好。接下來，我們把紙飛機攤開來，看看你們會發現什麼狀況？」

原來這張紙並沒有完全變黑，而是一塊黑，一塊白。

明安說：「因為摺起來的地方沒吹到，所以沒變黑啊！」說著他接過這張紙，又用吹風機再均勻的吹一遍，發現有一面完全變黑，另一面仍然不變色。他想了一想說：「會變色的色素只塗在紙的一面，另一面沒有塗。」

爸爸很開心的說：「很好，推論完全正確。」

接著爸爸請媽媽到廚房倒一點醋在碗裡，然後爸爸用筷子沾醋，在另一片傳真紙上畫了一個圓圈，沾到醋的地方立刻出現黑色。

明安很驚訝的問：「醋會熱嗎？」

爸爸把紙交到明安手裡，說：「你自己摸摸看啊！」

明安用手摸摸紙上的醋，一點也不熱，他把沾在手上的醋抹在傳真紙上，凡是抹到的地方都出現黑色，納悶道：「好怪喔，我想不透。」

明雪沉思了一會兒，說：「我想感熱紙，其實並不感熱，而是感酸。紙的一面應該加了色素和酸性物質，這種色素本來是白色的，所以紙張呈現白色。一旦紙在傳真機或收據列印機受熱，色素就與酸性物質發生反應，變成黑色，這就是感熱紙會出現字跡的原理。如果直接加酸與色素反應，不必有熱，也一樣會使這種色素變黑色。」

爸爸問：「妳要怎麼證明妳的推論呢？」

明雪跑到急救箱旁邊，拿出氨水解釋：「如果這種色素真的是因為遇酸而變色，那麼只要在傳真紙上的黑色字跡抹上鹼性的氨水，應該會使字跡消失。」

果然，氨水抹到之處，黑色字跡全部變回白色，字跡消失了。

爸爸不禁鼓掌叫好，說：「完全正確。感熱紙有一面塗了一層隱色染料，還有包覆在微囊胞中的酸性顯色劑，由於兩者以囊胞隔開，平時紙都保持白色。傳真機或收據列印機接到訊號後，會在特定的位置加熱，使那個地方的囊胞破裂，隱色染料與酸性顯色劑相遇，就產生黑色。所以如果妳用原子筆的筆蓋在感熱紙上用力刮，也會刮破囊胞，使紙上出現有色的刮痕。」

明安手邊沒有原子筆，就用指甲在感熱紙上用力刮，果然出現黑色刮痕，笑說：「好好玩喔！」

這時媽媽忽然想到什麼，質疑的說：「可是我在報上讀到一則消息，說這些感熱紙上有一種叫雙酚 A 的物質，是環境荷爾蒙，對小孩的發育不好。」

爸爸點點頭說：「沒錯，感熱紙裡面的顯色劑就是雙酚 A，所以接觸過感熱紙後，最好先洗手再接觸食物。」

媽媽說：「真可怕，快去洗手。」

爸爸說：「今天兩位小偵探表演良好，這麼快就能解開感熱紙的謎團，我決定請大家到餐廳吃大餐。」

明雪和明安都發出歡呼，急忙到浴室洗手。

1 2 3 4 5

這時候，外面不知發生了什麼事，一陣喧譁聲。

爸爸剛走到門口，想把門打開看看發生什麼事，一名彪形大漢突然跌進門內，爸爸嚇了一跳，睜大眼睛一看，才發現竟然是李雄警官。

他今天沒穿制服，穿著一件藍色薄外套和白色牛仔褲，臉色蒼白，嘴裡斷斷續續說：「有搶案……快幫我通知局裡……」說完就暈了過去。

明雪和明安聽到聲音也跑出來，看到眼前的情形，驚訝的問：「怎麼回事？李雄叔叔怎麼會突然昏倒？」

爸爸趕快請媽媽報警叫救護車，這時候有位老婆婆走到門口，對爸爸說：「這個年輕人真勇敢，有搶匪搶了我的錢，他正好路過，幫我把搶匪捉住，錢也搶回來，沒想到搶匪還有好幾名同夥，突然從他背後偷襲，其中一人還帶了木棍。這個年輕人才寡不敵眾，被打倒，又被他們搶走了錢。」

這時候大家才明白，原來李雄是遭到歹徒偷襲。如此一來，老婆婆就是刑案的重要關係人。

爸爸急忙對老婆婆說：「請妳進來坐，這人是我的朋友，同時也是一位警官，等一下警車和救護車就會到，會請妳到警局做筆錄，這樣才能抓到歹徒，把妳被

!
有搶案……
快幫我通知局裡……
李雄叔叔！

搶走的錢追回來。」

老婆婆依爸爸的建議，走進客廳來等警察。

明雪跑到李雄身邊，仔細觀察，希望能找出什麼線索，早點捉住歹徒。她看到李雄手裡緊緊抓著一小張白紙，她知道那是重要證物，不能亂動，所以只能在一旁盯著這張紙瞧。

過了一會兒，她問：「阿婆，妳的錢是從提款機領的嗎？」

老婆婆驚訝的說：「是啊，我從巷口超商附設的提款機領了兩萬塊，放在口袋裡，才走出店門沒幾步，就有一個年輕人從背後接近我，把我口袋裡的錢抽走，而且拔腿就跑，我根本追不上，只能用喊的，這位警官正好路過，就幫我追歹徒……」

明雪急著問：「阿婆，妳從超商的提款機領錢的時候，不是會有明細表嗎？明細表還在不在？」

「在啊，到銀行提款機領錢，明細表很小張，超商的明細表都很大張。」

明雪笑笑說：「喔，那是因為明細表底下還加了一長串的折價券啦！妳的明細表真的還在嗎？」

阿婆掏了掏口袋，疑惑的說：「咦，怎麼不見了？被那些夭壽歹徒連鈔票一起搶走了啦！」

明雪說：「別急，明細表現在應該在李警官手裡，不過現在已經成為刑案證物，暫時不能還妳。」

「沒關係啦，錢都被搶走了，要那張明細表有什麼用？趕快抓到歹徒比較重要。」

1
2
3
4
5

這時警笛聲已由遠而近，救護人員和警察都到了。

救護人員一進屋裡，就要把李雄搬上擔架，明雪說：「等一下，他手上那張紙是重要證物。」

這時候鑑識專家張倩也到了，她立刻戴上手套，把李雄手上那張紙取下，才讓救護人員把李雄抬走。

張倩打開那張紙，果然是明細表。

「李叔叔緊捏著這張明細表不放，也許他想向我們傳達某種訊息，上面可能有重要的證據。」明雪簡單向張倩說明了事情的經過。

張倩點點頭，仔細觀察了那張紙之後，把它放進一個玻璃瓶中，並把瓶蓋旋緊：「這是感熱紙，上面非常容易採集到指紋，妳有沒有興趣和我一起到實驗室進行檢驗？」

「當然有興趣。」明雪高興得跳起來，不過她還是看向爸媽，徵求他們兩人的同意。

爸爸點點頭說：「去吧，早點抓到歹徒，將攻擊李雄叔叔和婆婆的歹徒繩之以法。」

等張倩到超商及街頭案發地點採集證物完畢後，明雪就跟她一起搭警車到實驗室。李雄的部屬林警官則負責案件的調查，他命人將老婆婆送至警局做筆錄，也到超商取得監視錄影帶，並訪問附近店家，看看有沒有目擊者。

1 2 3 4 5

進入鑑識組的實驗室之後，張倩把放有感熱紙的玻璃瓶交給明雪，並詳細說明她的判斷：「聽妳描述案發的經過，可知歹徒由老婦人口袋中搶奪鈔票時，連明細表也一起拿走了，雖然一開始李雄有追回鈔票，但後來他的同夥又偷襲李

雄，把鈔票搶回去，不過明細表卻落在李雄手裡而未被搶走。我注意到李雄捏住的是紙的背面，也就是沒有塗隱色染料的那一面，所以正面很可能還留有歹徒的指紋，現在妳要依我的指示，讓指紋現形出來。」

明雪雖然很興奮，但深感責任重大而有點緊張的問：「妳確定我會做嗎？」

張倩笑笑說：「放心，這個技術不會比妳學校的化學實驗困難，只要照我說的方法，一步一步做，就會成功。現在先戴上橡皮手套。」

於是明雪依張倩指示，用戴著橡皮手套的手打開瓶蓋，用鑷子夾出紙張，放到一個壓克力製的箱子。箱子裡有個恆溫槽，槽中放了一個培養皿。

明雪把紙懸掛在箱子裡，然後由藥瓶中倒出少量碘晶體到培養皿中，再打開恆溫槽的電源，關上壓克力箱子。

幾分鐘後，透過透明的壓克力，可以看到紙上浮現出幾枚清晰的黑褐色指紋。明雪高興得大叫，沒想到這麼簡單就能讓指紋重現。

張倩冷靜的指揮明雪繼續操作，囑咐說：「碘的蒸氣有毒，現在戴上口罩，打開壓克力箱子，關掉恆溫槽電源，用鑷子把紙拿出來，再用數位相機拍照。」

拍下指紋後，張倩立刻把相機的記憶卡取下，交給另一位鑑識人員：「用電腦搜尋這些指紋有沒有犯罪紀錄。」

明雪擔心的說：「要不要用膠帶把指紋貼起來啊？不然碘很快就會昇華成氣體，辛辛苦苦重現的指紋就消失了。」

張倩笑笑說：「指紋上有我們分泌的油脂，所以會吸附碘分子，這就是我們採用碘蒸氣使指紋浮現的原理。因為吸附只是物理變化，所以在普通的紙上採集到的指紋要立刻用膠帶封存，否則碘很容易昇華，指紋就消失了。但是感熱紙上的隱色染料會與碘分子發生反應，把電子傳送給碘，而本身轉變成有色的物質，因為產生了化學變化，所以感熱紙上採集的指紋不用封存，可以保存很久。」

這時候負責搜尋指紋檔案的鑑識人員高興的向張倩報告：「找到嫌犯了，明細表上除了老婦人和組長的指紋外還有另一個人的指紋，經過搜尋後發現，是個有搶奪前科的年輕人，名叫彭羽齊，昨天才剛出獄。」

張倩搖搖頭：「年輕人不學好，剛出獄就犯罪，為了兩萬塊就犯下這種搶奪和傷害的重罪，真不值得。」

雖然已是深夜，張倩還是趕忙把嫌犯資料送給林警官，林警官那兒也查出點眉目了：「根據我們訪查目擊者及調閱便利商店監視錄影帶的結果，嫌犯是三男一女，女性嫌犯先假裝在超商內購物，發現老婦人提領現金，立刻尾隨走出店外，打暗號給其他三名男性嫌犯。由其中一人，可能就是彭羽齊，下手行搶，不料組長正好下班經過，見狀立即上前逮捕，其他三人只好由背後偷襲，救了同夥，並且把錢搶走。現在有了彭羽齊的資料，我馬上去逮捕他，相信其他三名同夥也跑不掉。」

林警官率隊出發前，回頭交代張倩：「陪組長到醫院的同仁剛剛打電話回來，說組長已經醒了，傷勢也不嚴重，你們快去探望他吧。告訴他我正要去逮捕歹徒，他一定會很高興。」

張倩點點頭，對明雪說：「妳看，李警官的服務熱忱也感染了他的部屬，不論現在是不是下班時間，每個人都以除暴安良為己任。」

明雪說：「嗯，我也很佩服李叔叔，我們快到醫院探望他吧！」

科學破案百科

碘（I_2，Iodine）在常溫下是紫色的固體，並會釋放出紫色的氣體；碘在常溫常壓下並不呈現液態；碘有刺激性臭味，有毒，難溶於水，可溶於酒精和油。

文章中取得指紋的碘燻法，就是利用碘會由固體直接氣化成氣體的碘分子，吸附在指紋內有機物上的原理（I_2＋油脂→I_2－油脂），讓指紋顯現顏色。這種方法適合在密閉容器內進行，而且以紙張效果最佳，有時為了節省時間會用加熱系統來加速碘的氣化。

當局者「醚」

這一堂是生物實驗課，要解剖青蛙。

明雪在國中時因參加科學營隊，曾經解剖過一隻青蛙，所以對這個課程有點了解。她還記得當時是用棉花蘸乙醚，蒙住青蛙的口鼻，讓青蛙昏迷，然後將牠釘在蠟盤（解剖盤）上。接著用剪刀剪開青蛙的肚皮，觀察內臟的情形。

不過出乎她意料，老師卻要他們由解剖器材包中取出一根針。

「往青蛙後腦勺那個凹下去的點刺進去，稍微轉一下，青蛙就失去知覺，接下來就可以剪開牠的肚皮……」老師一邊示範，一邊解說。

一發現有新的實驗方式，明雪立刻精神大振，照著老師的做法，左手抓住青蛙，並用食指將牠的頭輕輕向下壓，然後用大拇指去摸索牠後腦勺，果然在骨頭間有個凹下去的點，就用針刺下去，青蛙果然就不動了。接下來她把練習機會留給其他同學，自己跑去請教老師。

「老師，我以前學過解剖青蛙，不過是用乙醚將青蛙麻醉，為什麼現在要用針刺牠的後腦勺呢？」

老師說：「在解剖之後，我們希望觀察到青蛙內臟的運作情形，例如肺臟的呼吸，胃腸的蠕動等，所以必須確保青蛙在解剖過程是活的。因此一般採用乙醚麻醉法或腦脊髓穿刺法。由於乙醚可燃，又有麻醉性，我怕學生吸到，所以盡量教你們用穿刺法，將青蛙的腦脊髓破壞後，在解剖過程牠就不會感到痛苦。不過有些高中生第一次進行穿刺時，都沒辦法成功，在那種情況下，我就會要他們改用乙醚麻醉。我剛剛看到妳進行穿刺法，一次就成功，技術很不錯啊！」

這時候，奇錚慌慌張張跑過來說：「老師，我們刺了好幾次，青蛙還是在動，怎麼辦？」

老師對著明雪笑了笑說：「妳看吧！」然後拿出一瓶乙醚，走到他們那一組的實驗桌前，教導他們用乙醚麻醉的方法。

這一堂生物課就在緊張刺激的氣氛下結束了，下了課同學仍然議論紛紛，有人認為解剖青蛙太殘忍，有人卻主張為了求知，這是必要的。有人嫌穿刺法太難，有人則嫌乙醚氣味很怪。大家熱烈的討論著，直到下一堂課的化學老師走進教室時仍然在進行著。

化學老師已經站在講臺上好幾分鐘了，竟然沒有人理會他，便大聲問：

「嘿！你們是怎麼回事，不想上課了嗎？」

班長惠寧急忙喊口令，全班同學也立刻安靜下來，並向老師行禮。

全班行禮完畢之後，奇錚立刻說：「老師，我們上一堂生物課學習解剖青蛙，我們這一組用乙醚進行麻醉，可不可以請老師為我們講解一下乙醚的性質。」

雅薇嘲笑他說：「穿刺技術不好才用乙醚，還敢說。」

奇錚正要還嘴，被化學老師揮手制止：「原來你們上一堂課使用了乙醚，難怪個個頭昏腦脹，連老師進教室了都不知道。」

大家知道老師乘機挖苦他們剛才秩序混亂，所以沒有人敢笑，只能靜靜聽老師解說乙醚的性質。

「乙醚是一種無色，有揮發性（就是很容易變成氣體）的可燃液體，有特殊氣味………」聽到這裡，同學們都點點頭。

「………在實驗室裡常作為溶劑，在醫學上則是作為麻醉劑。」

惠寧問：「乙醚除了可以麻醉動物外，也可以作為人類的麻醉劑嗎？」

「可以，大約在美國南北戰爭期間，乙醚和氯仿同時成為醫學上最普遍的麻醉劑。因為當時戰況非常激烈，經常有士兵需要截肢或動手術，幸好有了這兩種麻醉劑，減輕了士兵在手術中的痛苦。後來，乙醚因為易燃，比較危險，漸漸就不受歡迎。不過我要提醒你們，任何麻醉劑的用量都要非常小心，稍有過量，就有可能致命，而且進行任何與乙醚相關的實驗時，都要嚴禁煙火，以免引燃；同時要保持通風，才不會吸入過多乙醚。」

同學們點點頭，因為他們早就養成習慣，進入實驗室就要把窗戶完全打開，所以通風良好，沒有問題。

解釋完乙醚的性質後，化學老師急著說：「好啦，接下來的時間，我要趕進度了，因為下禮拜就要舉行段考了，我們還沒上完呢！」

接下來的一週大家都忙著準備段考，直到段考結束的那一天，大家總算鬆了一口氣。惠寧提議大家週末一起出去玩，放鬆一下緊繃的情緒。

「去哪裡玩好呢？」大夥問。

惠寧說：「我帶你們去爬山，而且那座山上有一對龍鳳瀑布，風景很不錯。」有山有水，聽起來不錯，但是因為路途遙遠，最後只有惠寧、奇錚、雅薇和明雪他們四個死黨要去。

當天四個人搭著公車進入山區，在終點站下車。因為往前就是狹窄的山路，汽車無法進入，因此公車在空地掉頭後，又下山去了。

坐了約一小時的車，雅薇想上廁所，惠寧指著空地旁的小徑：「跟我來，從這裡走過去有一間公共廁所，要上廁所的一定要在這裡上，山裡面沒有廁所了。」

其他兩人都隨惠寧沿著小徑去上廁所，只有明雪沒去，幫同學拿著背包在空地旁等候。這時有輛小轎車由山下駛來，停在空地中央，車上走下一名穿著袈裟的光頭男子及一對老夫婦。

穿著袈裟的光頭男子年紀很輕，四方形臉，雖然是和尚的裝扮，但是他的眼神透露著幾分邪惡，怎麼看都不像出家人，更怪異的是他手裡還提著一個小金屬籠子，裡面有隻雞。老夫婦年齡都很大，頭戴保暖的毛線帽，身穿黑色棉襖，滿臉風霜，看來是純樸的老農。

明雪好意的上前告知：「這個空地是公車掉頭的地方，你們車子停在這裡，公車會無法掉頭。」

光頭男子惡狠狠的說道：「要妳管！現在就只有我一輛車，我想停哪裡就停哪裡。」

由於對方口氣很凶，明雪嚇了一跳，不由得後退好幾步，幸好老先生好言相勸：「師父，我們就把車移到旁邊，這樣大家都方便啊！」

光頭男子悻悻然的把車移開，停好車後，還狠狠瞪了明雪一眼，才領著兩夫婦沿著上山的階梯往上走。

幾分鐘後，上廁所的同學陸陸續續回來了。

雅薇笑著說：「太誇張了，廁所竟然長青苔，可見這裡有多偏僻啊，廁所大概很少人用。」

奇錚發現空地上多了一輛車，「除了我們之外，還有其他人來爬山喔？」

明雪點點頭說：「嗯，一對老夫婦和一個凶巴巴的和尚。」

明雪一邊走，一邊把剛才受和尚喝斥的經過說給大家聽，大家都說沒見過修養這麼差的出家人。

奇錚說：「我猜他一定是假和尚，如果當時是我在場，就和他吵架，我才不怕他！」

這時前方出現一條岔路，大夥停下腳步，問惠寧到底該走哪一條路。

「反正都可以到瀑布，我們就走右邊那條路上山，等一下走左邊那條路下山吧！」

右邊那條路寬敞好走，過了幾座石橋，就看到瀑布，水量雖然不大，但是好像茂盛的林木之間夾著一匹白練，好不美麗！

1 2 3 4 5

下山時，惠寧指著右邊的石橋說：「如果剛剛我們走左邊那條路就會通過這座石橋，這條路距離較短，但因道路狹窄，很少人行走。」

這時候雅薇堅持要走通過石橋的小路。「我腳痠死了啦，只要能快點下山就好，管他路寬路窄。」

於是大夥就依她的意思改走小路下山，沒多久就發現前方路邊小廟處有幾個人在講話。

走在最前面的明雪立刻用手勢要大家安靜：「噓！不要出聲，那個很凶的和尚在前面。」

奇錚說：「原來他跟我們走不同路線，難怪一路上沒見到，可是我們為什麼要怕他？」

「不是怕他，因為我覺得他行跡可疑，我們不妨躲在樹林裡，偷偷聽他在說些什麼！」

惠寧笑著說：「原來明雪又想扮演小偵探了，好吧，我們就來看看這個和尚在搞什麼鬼！」

只見和尚念了一長串咒語之後，對老先生說：「你太太得的這個病是不治之症。我從剛剛做法到現在，終於獲得廟裡供奉的神明同意，可以用這隻雞來代替她死。」

和尚一邊說一邊用左手由籠子裡抓起那隻雞，嘴裡念著咒語，接著用右手按在雞的喙部，不一會兒，本來奮力掙扎的雞就僵直不動了。

「妳看，這隻雞現在已經代替妳死去，妳將可以死裡逃生，這場病可以不藥而癒。」

老婦人高興得雙手合十，向和尚鞠躬：「謝謝師父救命之恩，可是這隻雞也太可憐了吧！」

和尚笑著說：「別擔心，我再施展法術讓牠復活就好了。」

說著和尚把雞放在地上，然後念念有辭，不久之後雞的身體又動了起來，搖搖晃晃的站了起來。

「師父真是法力無邊呀！」老夫婦大感驚訝。

和尚笑著說：「沒什麼，我已經依照約定幫你們消災解厄，我們下山吧！」

老先生立刻雙手奉上一疊鈔票表示：「師父，感謝您救了內人的命，這是事先約定好的費用，請您收下。」

和尚笑著把錢收進袈裟裡，然後提著空籠子往山下走去。

老夫婦問：「師父，這隻雞不要了嗎？」

和尚頭也不回的說：「這隻雞已經替妳死過一次，功德圓滿，將牠放生吧！」

老夫婦急忙追上去。

等他們走遠之後，奇錚立刻衝過去抓雞，由於那隻雞走起路來仍然跌跌撞撞，一下就被奇錚抓到了。明雪則跑到小廟前的空地，蹲在地上尋找，不久果然找到一團潮溼的棉花，她將棉花撿了起來，用手搧向自己的鼻子，果然聞到一股熟悉又特殊的氣味，她用肯定的語氣說：「果然是乙醚沒錯！」

其他人也接過去用同樣的方法搧氣嗅聞，這方法是化學老師上課教過的，以免在嗅聞時吸入太多有毒氣體，每個人聞過後都說：「嗯，就是那天解剖青蛙時聞到的味道。」

明雪怕乙醚揮發掉，就拿出一包面紙，把紙取出，用塑膠袋把那團棉花包好，並走到一旁撥打手機。

雅薇說：「所以這個和尚是在裝神弄鬼囉！他根本沒有什麼法力，只是偷偷用蘸了乙醚的棉花掩住雞的喙部，讓牠昏迷，令老夫婦誤以為雞死掉。然後把雞放在地面，過不久麻醉藥效退了，雞又醒過來，並不是死而復生。」

奇錚說：「對呀，就像那堂實驗課，我們這一組用乙醚麻醉青蛙時，第一次因使用的乙醚分量不足，沒幾分鐘，青蛙就醒過來了。」

惠寧說：「這個和尚用這種方式詐取錢財，還讓老婦人誤以為自己的病已經好了，因而延誤就醫，太可惡了，我們怎麼制止他？」

雅薇說：「快點報警！」

明雪笑著說：「其實當他凶巴巴對我講話時，我就懷疑他是假和尚，因此偷

……
抓到了！
嗅
果然是乙醚沒錯！

偷記下他的車號，在他作法的當下，我就懷疑他使用麻醉劑，等他們一離開，我就趕快去找尋證據，還好找到有乙醚氣味的棉花，可說證據確鑿，因此已經打電話報警了。」

奇錚說：「我也猜到了，所以動手抓雞作為證據，可是我擔心等警察趕到時，他可能已經逃之夭夭了。」

惠寧說：「這倒不必擔心，下山的路只有一條，警察只要在半路上攔截，他一定逃不了的。」

明雪開心的說：「看來不只我是小偵探唷，今天大家都各自發揮了高明的推理能力。」

他們一行人邊走邊聊，已經來到等車的空地，和尚的車子果然已經開走了。他們看看公車站牌上的班次時間表，還要一個小時後才有車，只好無奈等候。不料約十分鐘後，一輛警車開上山來。

開車的警察搖下車窗問：「你們就是報案的高中生嗎？快上車，我們已經依照你們提供的車號在半路逮捕假冒和尚騙財的歹徒，他用類似手法已經詐騙過很多人了，現在需要你們去派出所做筆錄。」

明雪說：「不只這樣，我們手上還蒐集了所有的證據喔！」

奇錚高高興興的抱著雞上了警車，笑說：「哈！我本來還擔心抱著雞不能上公車呢！」

科學破案百科

乙醚（Ether）又稱二乙醚或乙氧基乙烷，示性式為 $(C_2H5)_2O$（或簡寫為 Et_2O）。這是一種無色透明液體，但因為乙醚的沸點只有攝氏 34.5 度，故極易揮發、易燃，氣味帶有刺激性的特殊甜味，以前常常被當作吸入性麻醉劑。

乙醚也是一種用途非常廣泛的有機溶劑，可用作蠟、脂肪、油、香料、生物鹼、橡膠等的溶劑，在與空氣隔絕時相當穩定，在空氣中久置後能生成有爆炸性的過氧化物。一旦乙醚蒸氣遇到火花、高溫、氧化劑、過氯酸、氯氣、氧氣、臭氧等，就有發生燃燒爆炸的危險，有時也會因靜電而起火。

案件 13

肇逃的普魯士藍

媽媽的朋友莊阿姨預定今天要到家裡來拜訪，並說好來吃中飯，媽媽也煮了一桌豐盛的料理，預備要好好款待她。

十二點十分就聽到門鈴聲，莊阿姨到了。

卻見她氣喘吁吁的走上樓來，劈頭第一句竟然是說：「剛剛在路上出了車禍，幸好對方很爽快的認了錯，沒有耽擱很多時間。」

媽媽一聽出車禍，急著問她：「車禍嚴重嗎？人有沒有受傷？」

她說：「不要緊啦，就是車子的安全桿被撞壞而已。有留下對方的電話和住址啦！到時候修理費找他要就好了。」

爸爸見媽媽還想追問細節，急忙插嘴說：「人沒受傷就好，先吃飯吧！飯後再好好聊。妳看明安口水都快流出來了。」

明安有點不好意思的說：「不能怪我呀！媽媽今天煮了好多平常沒吃過的菜，每一道看起來都好好吃喔！」

媽媽說：「莊阿姨才是烹飪高手呢！我的手藝哪能和她比，只好拿出看家本領，免得見笑了。」

莊阿姨笑著說：「老同學了，幹麼開我玩笑？今天是來聊天的，不是來為美食比賽評分的。」

眾人邊吃邊聊，享受了溫馨又美味的一餐。飯後泡了茶，大家在客廳聊天，媽媽又問起車禍的經過。

莊阿姨說：「唉呀！最近不是有一條高架道路剛通車嗎？我心裡想，去走新路線看看，結果是有縮短一些路程啦，可是下引道的時候，卻發現是個陌生的路段，一時之間也不知道該直走還是右轉，而且燈號又開始由綠燈轉為黃燈，我只好把車停下來。可是後面有一輛藍色轎車冒冒失失從我右邊車道超車，打算左轉，他為了搶在燈號變色之前通過，所以車速很快，又是急轉彎，角度沒抓好，他的車門就擦撞到我的保險桿。」

媽媽說：「好可怕。」

「是啊！」莊阿姨說：「我當時腦筋一片空白，不知該怎麼辦。後來回過神來，趕緊打開車門，下車查看。結果發現我的保險桿斷了，但是對方更慘，他的車門凹了一塊。」

爸爸皺著眉問：「你們當場有打電話報警嗎？」

「沒有啦，他說他損失比我大，可是我說我的車子已經完全靜止，是他撞我。他大概自知理虧，一直說他趕時間，要求不要報警，他願意提供電話和住址，將來把修保險桿的帳單寄給他，由他來付就好了。說完就劈里啪啦念了一長串，我趕緊跑回車上，把他說的電話和住址都記下來。記完之後，抬頭一看，他早已把車開走。大概真的很趕時間。」

明雪急著問：「阿姨，妳有抄下對方的車牌號碼嗎？」

「沒有呀，我下車查看時，他的車正好斜在我車子的右前方，沒看到車牌，他又趁我低頭寫字時，把車開走，我從頭到尾都沒看到車牌。」

明安問：「那妳知道他的車子是什麼廠牌，什麼車款嗎？」

莊阿姨笑著說：「我知道你是汽車迷，一眼就能認出汽車的廠牌車款，我可沒辦法，除了自己開的那一款之外，其他的我都不熟。」

媽媽問：「妳車上有沒有接行車紀錄器？如果有的話，把檔案取出來看，應該會拍到。」

「唉呀，我沒有那麼新潮啦，我車上沒有裝那些電子設備。」

「妳難道不怕他給妳假的電話和住址嗎？」此時，爸爸終於忍不住說出大家心中的疑慮。

「不會吧！他念出這一連串電話和住址的時候，口氣很順暢，一點都不像是捏造的啊！」

莊阿姨這時候開始擔心起來，於是拿起手機撥打抄下來的號碼，幾秒鐘後她頹然的掛掉：「唉，是空號。沒想到真的被你們說中了。」

「電話是假的，至少還有住址，我看看！」爸爸接過阿姨手上的紙條，「這個住址離這裡不遠，我們陪妳去看看。」

明雪和明安兩個齊聲要求：「我們也要去。」

「好吧！那全都擠莊阿姨的車，剛剛好五個人。」

「等一下，我準備一下。」明雪突然往房裡跑。

莊阿姨笑著說：「明雪現在是大小姐了，出門要先打扮嗎？」

媽媽說：「別理她，我們先下樓。」

於是他們一起下樓，阿姨的車就停在路邊的停車格裡，車子的右前方保險桿果然被撞到折斷，有個很大的裂縫。

這時明雪已經跟上，她蹲在保險桿前仔細觀察：「嗯，這裡沾上一點藍色的碎屑，應該是對方車子的漆。」說著她拿出一支棉花棒在上面摩擦了幾下，然後放入一個乾淨的塑膠袋裡。

莊阿姨驚訝的說：「啊？原來妳剛才是去準備這些採證的器材呀！我還以為妳是在打扮呢！」

明雪笑著說：「才不是，這些採證的方法是鑑識專家張倩阿姨教我的。她說任何兩樣物體只要有接觸，就一定會交換微細的證物。莊阿姨剛才沒有立即報警，我現在如果沒有立即採證，在風吹日晒之下，這些寶貴的證物可能就會消失，所以我要趕緊採證。」

媽媽苦笑著向阿姨解釋，他們家這兩個小孩都對偵探工作很有興趣。

嗯，這裡沾上一點藍色的碎屑，應該是對方車子的漆。
啊？原來妳剛才是去準備這些採證的器材呀！
我還以為妳是在打扮呢！
才不是～如果不趕快採證，這些寶貴的證物就會消失，
所以我趕緊去拿採證工具。

莊阿姨以鼓勵的口氣說：「很好！看能不能幫阿姨找出肇事逃逸的人。」

他們找到紙條上的住址，是一間大廈。他們進到管理室向總幹事說明事發經過，想找住這間大廈開藍色轎車的人。

總幹事攤開地下停車場的登記簿表示：「沒有，目前本大廈住戶沒有一位開藍色轎車。」

雖然早有預感，既然電話號碼是假的，住址應該也不會是真的。但跑了一趟卻毫無所獲，五個人只能垂頭喪氣的離開大廈。

「又不是什麼大不了的事，只是損失保險桿，算我粗心，當初沒抄車號，自認倒楣好了。」反倒是莊阿姨笑著安慰大家。

爸爸說：「花錢事小，可是這種肇事逃逸的人如果得逞，他將來可能還是會如法炮製，只是不知道下次誰會是受害者。我覺得妳不要放棄，應該到案發地點向警局報案，說不定有路口監視器有拍到案發經過。」

明雪向爸媽說：「你們陪莊阿姨去好了，我要把這支棉花棒送到張倩阿姨那裡，請她化驗，看看能不能找出有用的線索。」

莊阿姨說：「不用陪了，我自己去報案就好。兩個小偵探如果有任何消息再通知我。」

張倩聽完明雪的描述後，接過塑膠袋，仔細觀察了裡面的棉花棒後說：「我可以幫妳進行光譜分析，但是只能知道漆裡面的成分，不一定能幫你們找到車子的主人。」

「感謝阿姨幫忙，有結果請通知我。」明雪深深一鞠躬。

姊弟兩人回到家時，莊阿姨已打過電話向媽媽描述報案的經過。當地警察雖然受理報案，但是表明該高架路段才剛通車，還沒有裝設路口監視器，加上電話住址都是假的，想找到肇事的人，可能不容易。

這時明雪的手機響起，是張倩打來的：「妳送來的漆已經化驗出來。」

「這麼快？」明雪嚇了一跳。

「現在的光譜儀，只要幾分鐘就可以完成分析了。」張倩說。

「結果如何？」

「裡面的藍色物質主要是普魯士藍，從汽車的漆裡，只能獲得這些訊息了。」

「謝謝阿姨。」明雪雖然有點失望，但仍然沒有忘記禮貌。

「什麼叫普魯士藍啊？」結束通話後，明安立即追問分析結果，但是他對明雪所說的名詞完全聽不懂。

明雪努力想對他解釋其中的化學成分，但明安愈聽愈不懂。

爸爸在旁邊看了，覺得好笑，插嘴說：「妳告訴他化學式做什麼？他哪會懂啊！明安，那是一種常見的藍色色素，可以用在油漆、水彩中，也可以製成錠青漂白劑。」

「什麼是靛青漂白劑？」

「這個我知道，衣服穿久了會變黃，給人一種骯髒的感覺。如果在漂白劑裡加一點藍色的色素，就可以吸收可見光的黃色光，讓衣服不再呈現黃色，看起來比較潔白。」明雪說：「可惜，這些對破案都沒有幫助。」

一聽沒什麼線索，明安便失去了興趣，返回房間打開電腦。明雪也意興闌珊的回到房間裡準備寫功課。

不久之後，明安卻興匆匆的跑來找她：「姊，案情說不定能突破喔！我剛剛上網查了，使用普魯士藍作為烤漆的汽車，只有三種廠牌中的五種車款。」

「是嗎？那範圍就縮小很多了。」明雪也大感振奮。

「我在網路上找到這些車款的彩色照片，我們傳給莊阿姨指認到底是哪一種車款撞到她的車。」

於是經由媽媽聯絡，把五種車款的彩色照片傳到莊阿姨的手機裡，阿姨很快就認出是 K 牌一九九六年出廠的車款撞到她。

「現在已經知道車子的廠牌和款式了，接下來呢？」明安問。

明雪沉思了一會兒後說：「我們還是回到那一棟大廈問問看。」

「可是總幹事已經說他們的住戶沒有人開藍色的車了。」明安不以為然。

明雪說：「因為阿姨說，那個人劈里啪啦一口氣就能說出那個地址，可見他應該和那個地方有關係，只不過不是現在的住戶而已。現在我們已經找出了車子的廠牌和款式，說不定能讓總幹事想起什麼。」

「好吧，只好死馬當活馬醫。」明安無奈的說。

於是兩人又再度回到那棟大廈，總幹事顯然有點不耐煩：「不是告訴過你們，我們的住戶沒有人開藍色轎車嗎？」

明雪耐心的拿出莊阿姨指認的車款照片：「對不起，請您再想想看，有沒有經常出入這棟大廈的人開這一型的車？」

總幹事仔細的看了照片後，好像想起什麼：「這種車喔？我好像有印象，你們等我一下。」

總幹事從鐵櫃裡拿出一疊資料，仔細翻閱後，指著其中一筆資料：「有了，曾有一位住戶，是個租房子的房客，名叫張建潤，他就開這一型的車，當時也停在我們的地下停車場，車牌號碼還記錄在這裡。因為經常在喝酒之後與其他住戶發生衝突，搞得社區雞犬不寧，最後只好拜託房東不要和他續約，大約半年前才把他趕走的。當他要搬走時，還揚言要找我們報復，所以我還有印象。這種人到處惹禍，真該讓他接受懲罰。」

明雪和明安抄下姓名和車牌號碼後，急忙用手機通知莊阿姨：「阿姨，肇事者的姓名和車牌號碼，我們都查出來了，您快點到原來報案的派出所去，把新查出來的資料告訴他們。」

姊弟兩人走路回到家中時，媽媽已經知道他們破案的消息。

「莊阿姨打電話來，對你們兩位小偵探稱讚不已。她說，警察照她提供的資料輸入電腦裡面一查，不但查出張建潤現在的住址，也發現原來這個人有多次酒醉駕車的紀錄，他們懷疑他今天是不是也因酒醉駕車，才會撞到莊阿姨的車。警察現在已經趕過去，想測他的酒精濃度，雖然隔了好幾個小時，不一定能測出來，不過莊阿姨的車禍損失絕對不會找不到人賠了。」

明安聽到被阿姨稱讚是小偵探，十分高興：「我平常研究汽車廠牌和車款，你們都罵我無聊，現在知道有用了吧！」

明雪點點頭，肯定弟弟的表現：「嗯，這次連我都放棄希望了，沒想到弟弟從漆的成分就能找出肇事車的車款。偵探工作真是不能忽略任何蛛絲馬跡所提供的線索啊！」

科學破案百科

普魯士藍是一種深藍色的色素，化學式為 $Fe_4[Fe(CN)_6]_3$。普魯士藍是人類使用最早的合成色素之一，本身難溶於水，常用於油漆中。早期工程師為了製造機器、建造房屋，會把設計圖晒製成一種藍色的圖，稱為「藍圖」。藍圖也是利用普魯士藍作為藍色的色素。現在各種印刷術發達，幾乎已經沒有人使用藍圖了，但是這個名詞仍然流傳了下來，成為未來計畫的代名詞。

普魯士藍另一個日常用途是作為漂白劑的添加物。因為衣服洗久了會變黃，顯示衣服反射的光中，黃色光偏多。而普魯士藍既是藍色的色素，表示它會吸收藍色以外的光，它的最大吸收高峰落在紅橙色的光（波長 680 nm），可以減少反射光中的黃色部分，使白衣服恢復雪白，彩色的衣服恢復鮮豔。

案件14

綠染偷竊賊

今天是星期六，不用上課，明雪比平常晚起床。梳洗完畢，走入餐廳，看到爸媽已經坐在餐桌前共進早餐，兩人悠閒的翻著報紙，一邊針對新聞交換意見。

媽媽指著其中一則報導說：「你看，臺北市衛生局公布水產抽驗調查，結果五十五件水產品中，共有兩件不合格，包含臺北漁產運銷公司的午仔魚驗出孔雀綠，已令其下架並處以罰鍰。吃的魚有毒，這教我們小市民怎麼吃得安心？」

「什麼是午仔魚，是魩仔魚嗎？老師說過，沒有一種魚叫魩仔魚，那是各種魚苗的混合，那麼小就撈起來吃，對漁業資源破壞性很大，目前採限期禁捕政策。」明雪對動物不太了解，一面嘀咕，一面坐了下來，用筷子夾了一個小籠湯包，咬了一口。探頭去看報上的照片，午仔魚看起來滿大尾的，而且呈白色，看不出有加什麼孔雀綠啊！

她禁不住好奇心，便在嚥下口中的食物後，開口問爸爸：「孔雀綠是什麼？是孔雀石嗎？我看過孔雀石，是很漂亮的綠色礦物，也是有毒的物質。」

她在化學課學過，孔雀石是一種翠綠色的礦物，有些很大塊，可以當寶石。不過它的成分其實是鹼式碳酸銅，和銅生鏽後的銅綠成分很類似。毒性來自銅，屬於重金屬化合物。

爸爸搖搖頭說：「不是，孔雀石是含銅的礦物，但孔雀綠是有機化合物，不含任何重金屬，只因顏色近似孔雀石，所以取了這個名稱。孔雀綠屬於致癌物，在老鼠實驗中顯示可能與肺腺腫有關。」

「致癌物？那怎麼會出現在水產裡面？」媽媽皺了皺眉頭。

爸爸說：「傳統上孔雀綠是作為染料，可以在絲織品、皮革及紙張上染色，孔雀綠及類似染料的年產量有幾百萬公斤。不過用在水產上，並不是為了染色，而是用來為魚治病。」

媽媽懷疑的說：「它不是有毒的致癌物嗎？怎麼還能治病。」

爸爸辯解道：「藥和毒本來就是一體的兩面，用對了就是藥，濫用就是毒。」

明雪愈聽愈感興趣，喝了一口冰豆漿後，接著問：「它有漂亮的綠色，你說它能當染料，這很合理。可是它能治療魚的什麼病呢？」

「我也不知道呀，我對水產不熟！」爸爸顯得有點尷尬。

「不知道可以問誰？而且我好想瞧瞧它是什麼樣的綠色，真的是像孔雀石那樣的翠綠嗎？」明雪有點失望。

爸爸想了一下說：「啊，我曾經教過一個學生，名叫陳祐丞。他讀高中時，就對養魚非常有興趣，不但自己養了好幾缸魚，還利用課餘幫別人設計魚缸賺取外快呢！後來申請大學時，也申請了水產養殖系，結果教授一看到他設計的水族箱照片，又對魚類懂得那麼多，立刻就錄取他。聽說他進大學後，立刻就被老師收入實驗室，和其他碩、博士生一起進行研究。」

「哇，好棒喔，如果能當面向他請教就好了。」

爸爸拿出手機說：「我聯絡看看。」

幾分鐘後爸爸興奮的說：「太好了，他說他今天要到實驗室忙，可以為我們解說，還可以拿孔雀綠給我們看。」

「不是說好要趁今天放假，去看住院的舅媽嗎？」媽媽忍不住嘀咕。

「沒差啦，都在同一條路線上，先到實驗室，再到醫院。明安一大早就和同學出去打棒球了，我們三個人去好了。」爸爸本來好像忘了，經媽媽一提醒，趕忙自圓其說。

這所大學的水產養殖實驗室是一間非常寬敞的鐵皮屋，裡面有一個一個大型塑膠圓桶，每個圓桶裡養了不同的魚、蝦及貝類，由研究人員操控不同的實驗條件，並記錄各種變化。祐丞只是大學生，並沒有自己的研究主題，只是協助學長學姊進行實驗，乘機吸收各種知識。

他拿出一瓶藥品說：「這就是孔雀綠，孔雀綠對抗卵菌及水黴菌非常有效，這兩類的菌會使水產養殖業的魚卵受到感染。所以很多養魚的人會買這種孔雀綠水溶液，每天灑一點在水中，結果水產就出現了超標的孔雀綠。」

媽媽問說：「你們實驗室也用嗎？」

祐丞說：「是的，我們用它來治療淡水魚的魚蝨，感染到這種病的魚身上會出現小瘤，來，我帶你們去看。」

他帶領他們來到牆邊長方體的玻璃魚缸前，裡面有許多小魚，有的全身呈褐色，有的身上有各種不同顏色的條紋。祐丞指著其中一種有藍、白、紅三種條紋的小魚說：「這是阿氏霓虹脂鯉，又稱寶蓮燈魚，你們瞧，它們都感染了魚蝨。」

明雪仔細湊上去看，發現牠們身上有許多直徑將近一公釐的白斑，像鹽粒或糖粒黏在魚身上。

「每一公升的水加三毫克，恰好符合治病的用量。」祐丞在天平右盤上放了一張稱量紙，倒了一些孔雀綠在紙上，果然是漂亮的翠綠色。

「像這種觀賞魚，使用孔雀綠治病就沒有問題，但是用在食用的魚類，會危害食用者的健康，因此在許多國家都是禁止的。」稱完之後，他把藥灑進魚缸裡，水立刻染上淡綠色。

明雪請祐丞送她一些孔雀綠，她想利用學校實驗室嘗試一些實驗。

「那是有毒的東西，為什麼要帶走？何況我們還要到醫院探望病人，快點走吧！」媽媽急忙制止。

祐丞說：「不要吃進嘴裡就沒關係，我稱三毫克給妳好了，記得碰過一定要洗手，才能吃東西。」

於是祐丞又稱了一些孔雀綠，用稱量紙包好了，交給明雪。明雪順手放入背包裡，一家人便匆忙向祐丞告別，趕往醫院。

1 2 3 4 5

抵達醫院後，他們先到一樓附設藥妝店買了雞精，然後搭電梯前往三樓病房。病人是媽媽的舅媽，明雪要叫她妗婆，年紀很大，平時都由女兒照顧，最近聽說發現肝硬化，必須住院治療。明雪他們趕到時，阿姨正要推著妗婆去做治療，明雪他們急忙把手中的東西放下，幫忙推病床。

病人在手術室裡治療時，爸媽就在外面陪阿姨聊天。明雪覺得很無聊，就想回到病房，拿剛才取得的孔雀綠出來把玩。

告訴父母後，她回到三樓，並在病房門口和一個中年男子擦身而過，那人留著西裝頭，身穿黑外套，拉鏈沒有完全拉上，露出裡面的白汗衫，下半身穿牛仔褲。由於妗婆住普通病房，所以共有三張病床，每個病人都有各自的陪伴家屬，所以明雪不以為意，認為那人是其他病人的家屬。

她走進病房後，發現裡面空無一人，可能另外兩名病人也被推去進行治療了，她走到妗婆的病床上翻起自己的背包，打開一看，發現拉鏈已被拉開，裡面包孔雀綠的紙已鬆開，綠色粉末灑了出來，她急忙翻看放在旁邊的小錢包，裡面原有的一張千元大鈔已經不翼而飛。

她急忙追了出去，走廊上已不見人影，她奔跑到轉角，發現穿黑外套的男子正以飛快的步伐要走下樓梯。

她急忙大喊：「先生，等一下。」

那人回頭看了明雪一眼，卻加快腳步跑下樓梯。明雪急忙跟了上去，轉瞬間來到一樓的大廳，果然看到那人正混在人群中想溜出大門。

明雪急忙向門口的警衛大喊：「攔住穿黑外套的那位先生，他是小偷，偷了我的錢。」

站在門口的警衛聞言果然把那人攔下，大廳的眾人聽說有賊，也圍在一旁觀看，對男子指指點點。

男子氣急敗壞的說：「小姐，妳沒有證據不要亂講喔，小心我反控妳誣告。」

警衛說：「我只是保全公司的人員，無權問案，不過既然這位小姐指控你偷她的錢，而且本醫院最近確實頻頻傳出病人及家屬遭竊的案件。我會通知附近的派出所前來調查，你有什麼意見，請你去對警察講。」

幾分鐘後，爸媽及阿姨趕到警衛室，證明他們皮包裡的現金全部都不見了，但是其他物品則沒有損失。

兩名警察到了之後，請護理人員聯絡同一病房的家屬清點財物，結果發現現金同樣全部都不見了，而其他物品同樣沒有損失。明雪心中暗暗叫苦，看來這名竊賊非常狡猾，如果他偷了別的物品，將會非常容易被指認出來，但是鈔票卻不容易指認，除非你記下了號碼，但是正常情況下有誰會這麼做？

護理師還透露，該名男子經常在病房出入，但沒人知道他是哪一名病人的家屬。警察聽完護理師的證詞後，認為該名男子涉有重嫌，便請他把口袋裡的所有東西都取出來，放在桌上，結果有個放證件的皮夾子，還有好幾疊皺巴巴的鈔票，明雪知道其中有一張是自己的，其他的鈔票則偷自爸、媽、阿姨及其他家屬。

警察拿出該名男子的身分證，發現他名叫吳叔儒，經通報警局以電腦查詢，但局裡回覆此人沒有任何犯罪前科。

吳叔儒理直氣壯：「當然沒有任何前科，你們抓錯人了，小心我告你們。」

嘖！
站住！
掛號
批價
攔住穿黑外套的那位先生，他是小偷，偷了我的錢。

警察又請護理師協助查閱他有沒有在此醫院看診的病歷，結果也沒有。

警察問：「你到醫院做什麼？」

吳叔儒說：「我來探病，不行嗎？」

「你究竟是探望哪一位病人呢？」

「我發現我要探望的病人出院了，正想離開，這位小姐就對我糾纏不清。」

明雪被這麼無恥的竊嫌氣得暴跳如雷。

警察又問：「你身上為什麼有那麼多現金？」

吳叔儒冷笑道：「笑話，這些錢都是我自己的，有錢又不犯法。你們怎麼證明這些錢是你們的？鈔票上有你們的名字嗎？」

所有被偷走錢的家屬面面相覷，連警察也嘆了一口氣，這個竊嫌太狡猾了，恐怕不容易定罪。

沒想到竊嫌這句回嗆的話卻讓明雪靈機一動，「警官，我有辦法證明他是小偷，而且我也能指認我的鈔票。」

「什麼？」所有人都驚訝的看著明雪，吳叔儒更是嚇了一跳。

明雪說：「警官，請你帶吳先生去洗手。」

承辦警員也搞不懂明雪葫蘆裡賣的是什麼藥？明雪湊上前去，在警官的耳邊說了幾句話，警員點點頭，就把吳叔儒帶到旁邊洗手臺。

媽媽悄悄問爸爸說：「明雪為什麼要那個人洗手？」

爸爸笑著說：「明雪說她能指認小偷和鈔票時，我也不懂，後來她要嫌犯洗手，我就懂了，這個方法真聰明。噓……注意看，精采的來了。」

雖然吳叔儒抗拒，但是警員仍然強迫把他的手拉到水龍頭下沖洗，結果他的手瞬間變成綠色。

吳叔儒嚇得臉色慘別，直呼：「怎麼會這樣？」他用力搓洗，想把手上綠色的痕跡洗掉。

爸爸對他說：「沒用啦，這種有機染料沾上了手，至少要好幾天才會褪色。」

吳叔儒回頭不解的問：「什麼有機染料？」

明雪打開背包，讓吳叔儒及警察看那些已經散開的孔雀綠。

「我的背包裡原本放了這包綠色染料，但是你在翻找現金時，把它的包裝紙打開而且弄翻了，我確定你一定碰到了，而且我的那張千元大鈔也必定碰到了。即使量很少，只要一碰到水，就會呈現綠色。我只要測試單張的鈔票，就可以找出哪一張是我的。」

接著明雪從那些零亂且皺巴巴的鈔票中，挑出幾張單張的千元大鈔，都放到水龍頭下碰一下水，果然其中有一張也和吳叔儒的手同樣呈現綠色。

警察笑著說：「凡做過必留下痕跡，這下人贓俱獲，你沒話說了吧？」

吳叔儒頹然的搖搖頭，警察立刻為他戴上手銬，並要求所有的人跟著到警察局作筆錄後，再把被偷的錢領回。

科學破案百科

孔雀綠是一種有機化合物，通常當成染料，可以為絲綢、皮革及紙張染色，也被水產養殖業採用為魚類用藥，不過因為有毒，所以頗有爭議。雖然名為孔雀綠，但和孔雀石的成分完全不同，只是顏色相似而得名。

本文所描述的抓賊方法，並非作者杜撰。在 1954 年出版的《The Police Journal》（警察期刊）中，一位美國警官描述了這種藥品可以磨成粉狀，用刷子刷在誘餌（如金錢）上。不過要在誘餌附近安排知情的職員，大約每隔一個小時巡視一次，一旦發現誘餌被偷，就要立刻通知警方封鎖現場，然後對所有人的手及衣服噴水檢驗，唯一一個出現綠色反應的人就是小偷。

唾液中的DNA

明雪正在上生物實驗，今天老師要演示的實驗是「澱粉水解」。

老師先講解實驗原理：「澱粉是有許多葡萄糖聚合而成的大分子，在口腔中會被唾液裡的酵素分解，而變成麥芽糖，麥芽糖是由兩個葡萄糖構成的。如果再結合其他酵素，就可以把麥芽糖變成葡萄糖，被人體利用。所以吃飯的時候要細嚼慢嚥，讓唾液裡的酵素發揮作用，這樣才能好好消化……」

這時候，雅薇指著奇錚說：「老師，奇錚吃飯好快，根本沒有嚼碎，就吞進肚子裡去了，這樣是不是代表他沒辦法消化？」

老師望著一臉尷尬的奇錚，笑著說：「當然不是完全無法消化，其實胰臟也會分泌同一種酵素，在小腸幫忙分解未消化的澱粉。只是澱粉如果能在口腔裡停留得久一點，胃腸的負擔比較輕，對食物的消化與吸收都有好處。好了，我們現在要開始做實驗了，我們需要收集一些口水。」

「有誰要捐出口水讓我們做實驗的？」老師手上拿了一個空的小燒杯。同學們都做出噁心的表情，沒有人自願往杯裡吐口水。

老師只好把小燒杯交給奇錚：「既然你平常都狼吞虎嚥，沒讓口水發揮功用，今天就拿你的口水來做實驗好了。讓你親眼目睹口水的神奇功能。」奇錚無奈，只好乖乖照做。

老師接過小燒杯後，先放在一旁。然後她取出兩支試管，用油性筆在試管外分別寫上「甲」和「乙」兩字。接著她取出事先煮好的澱粉液，在兩支試管中各加入約兩毫升的澱粉液。

惠寧輕聲對明雪說：「澱粉液看起來好像稀飯的湯汁喔！都是白色又有點混

濁的液體。」

明雪瞪了她一眼說：「因為稀飯的湯汁本來就是澱粉液啊！所有米、麵及馬鈴薯等主食都含大量澱粉。」

這時老師在兩支試管中各加入幾滴氫氧化鈉及兩毫升的藍色溶液，兩支試管內的溶液都變成藍色。

老師邊實驗邊說明：「這種藍色水溶液稱為本氏液，可以用來檢驗葡萄糖。現在試管裡只有澱粉，沒有葡萄糖，所以呈現藍色。等一下如果哪一支試管的澱粉被分解了，就會出現紅色沉澱。」

接下來老師把小燒杯裡的口水慢慢倒入甲試管，用玻棒攪拌，使溶液均勻混合；在乙試管中加入等量的水，然後把兩支試管同時放入一個裝了半杯水的燒杯中浸泡。接著，老師用酒精燈加熱這杯水，當水接近沸騰時，同學們就發現甲試管出現紅色沉澱，而乙試管中的溶液仍然是藍色的。

老師說：「這證實口水中的酵素可以幫助澱粉水解。奇錚，以後吃飯要細嚼慢嚥，讓你的口水幫助消化，知道嗎？」

奇錚尷尬的點點頭。

同學們則忍不住挖苦他：「哇，奇錚，你的口水好厲害喔！」

1 2 3 4 5

放學之後，明雪和弟弟明安相約到夜市吃飯。因為爸媽今天有事到臺中，會很晚才回臺北，媽媽交代他們要在外面吃飽再回家。兩姊弟經過討論，決定去吃排骨麵。姊弟倆邊吃麵邊聊學校的趣事，明雪談起今天在生物實驗室發生的事，明安雖然不懂其中的原理，也聽得津津有味。

他們吃完麵，走出店門後順便逛街，看看有什麼新奇的商品可買。

明安突然指著一家店說：「我想吃粥。」

明雪不可思議的問：「你有沒有搞錯？我們才剛吃完麵呀！」

明安堅持說：「我們吃的排骨麵是小碗的啊！我等一下就會餓了，我要買粥回去當宵夜。」反正媽媽給的晚餐錢還有剩，明雪就付錢外帶一份粥。

兩姊弟回到家時，天色已經暗了。兩人走上三樓公寓，明雪用鑰匙打開鐵門時，察覺有異。

「奇怪！只鎖了一道，難道爸媽回來了嗎？」

因為他們家的鐵門有三道鎖，如果所有家人都外出，最後一個離開的人一定會把三道鎖全鎖上。除非家裡有人，才會只把鐵門拉上，也就是明雪所說的只有一道鎖。

明安說：「不可能，爸媽在臺中要喝完喜酒才會回來，現在人一定都還在臺中啦！」

明雪滿腹狐疑的轉動木門把手，發現沒有上鎖，一下就推開了，而且出乎意料，竟然和一名陌生中年男子面對面，那人留著平頭，身穿灰色T袖，領口滾著黑邊，男人的手上還戴著棉布手套。兩人對看了約一秒鐘，那名男子突然衝了過來，明雪急忙退出門口，同時將木門關上，迅速將鐵門也關上，並且用鑰匙迅速鎖上三道鎖，並向弟弟大叫：「快打電話報警，家裡有小偷。」

十分鐘後，李雄率領林警官迅速趕到現場。

他安撫姊弟倆：「沒關係，現在可以把門打開，讓我們進去逮人了。」

明雪依言把鐵門的鎖打開，李雄指示她帶弟弟退到一旁，接著他和林警官兩人衝進屋裡搜索，但是屋子裡已經空無一人。

林警官退到屋外，招呼姊弟倆進到屋裡：「你們這樣做很對，發現家中有竊賊時，先退到屋外，保護自身安全，然後報警，由警方處理。現在小偷已經不在屋內，可能是由窗戶爬水管下樓逃走。」

明雪和明安把剛才撞見小偷的經過描述了一次，林警官也都記錄了下來。

李雄仔細觀察了屋內的情形後，對姊弟倆說：「鐵門沒有被破壞，但是你們習慣鎖的三道鎖只剩一道，木門的鎖也已打開，可見歹徒是用工具把鎖撥開。你們爸媽房間有被小偷侵入的跡象，許多抽屜已被拉開，小偷應該已經拿走一部分財物，正要由客廳離開，結果你們正好回家。他見行跡敗露，而且你們堵在門口又報了警，所以由窗戶逃跑。我已經通知鑑識科的張倩前來蒐證，現在我和林警官會去調閱附近街道的監視錄影帶，看看有沒有錄到小偷的身影。你們先用手機通知爸媽，請他們回來清點財物損失。現在你們乖乖留在家裡等張倩來，我會請管區警員加強附近巡邏，你們不用擔心。」

李雄交代完之後，就帶著林警官離開。

明雪和明安兩人對看了一眼，嘆了口氣：「竟然有小偷敢來偷我們兩名小偵探的家，真是有眼無珠，不識泰山。不過，我看那個小偷戴著手套，應該沒有留

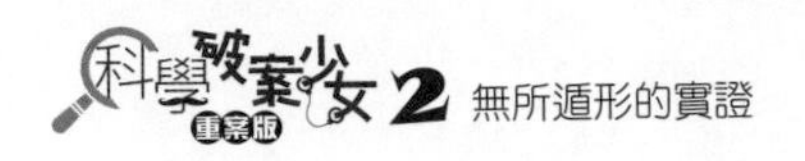

下指紋，就算張倩阿姨來也沒輒。」

明安說：「姊，趁張倩阿姨還沒到之前，我們先自己蒐證，一定要把那個小偷抓到，讓他後悔莫及。」

明雪說：「我們不可以亂動刑案現場。」

明安說：「我們看看家裡有哪些地方異常就好，到時候可以提醒阿姨注意。我們不要去移動證物。」

明雪也覺得這樣做應該沒問題，於是兩人仔細觀察家中各項擺設與平常有什麼不同。但是看來看去，只有爸媽住的主臥室抽屜被打開，其他房間都沒有被觸碰的跡象。

兩人繞了一圈，沒有任何斬獲，無奈的回到客廳，洩氣的坐在沙發上。

這時候，明安突然看到茶几底下躺著一只礦泉水的瓶子。明安立刻蹲在地上仔細觀察那個瓶子。

「姊，妳看這瓶礦泉水是我們家的東西嗎？」

明雪也低下身去瞧。

「我們都喝自己家裡的水，不會買礦泉水回來喝，但爸爸的汽車加油時，有時候會收到加油站贈送的礦泉水，有可能是爸爸帶回來的。不過，我們不會把瓶子扔在地上不撿起來，我覺得這是重要證物。」

姊弟倆精神大振，明雪更是立刻跑回自己房內，取出自備的蒐證工具，戴上橡皮手套，小心翼翼的撿起水瓶。發現瓶口已被旋開過，水也只剩一半，顯然有人喝過。

這時候，門鈴響起，明安跑到木門旁邊，透過門上的鷹眼觀察。

姊，妳看這瓶礦泉水是我們家的東西嗎？
我們都喝自己家裡的水，不會買礦泉水回來喝，
但是爸爸加油有時會收到贈送的礦泉水，有可能是爸爸帶回來的。
不過，我們不會把瓶子在扔地上，我覺得這是重要的證物。

「是張倩阿姨。」

他興奮的把門打開，張倩進到屋裡，聽完他們描述的情形後說：「嗯，如果你們的判斷沒錯，小偷戴了手套，應該沒有留下指紋。現在要寄望於這個瓶子了，如果小偷喝過這個瓶子裡的水，一定會留下唾液，很有可能由唾液中取得他的DNA。不過，現在還不確定他有沒有喝過。」

明雪自告奮勇的說：「阿姨，我來採證，然後妳帶回實驗室去檢驗，好不好？」

張倩點點頭說：「好。我現在教妳怎麼做，妳從工具箱裡取出兩支棉花棒，第一支用工具箱裡那瓶消毒過的蒸餾水弄溼之後，在瓶口外滾一圈，然後放進塑膠袋裡。第二支直接在瓶口外滾一圈，也放進塑膠袋裡。」

明雪依照張倩的指示，完成了採證工作。

當張倩正要把兩根棉花棒放入手提箱中時，明雪又提出了她的要求：「阿姨，可不可以留一根棉花棒讓我先檢驗是不是含有唾液，如果沒有唾液的話，也不會有ＤＮＡ，帶回實驗室也沒有用。」

明安好奇的問：「姊，妳是不是要用今天你們生物實驗用的那個什麼本氏液來檢驗？」

明雪說：「不用那麼麻煩啦，我們現在不必證明澱粉水解後會出現糖，只需要證明有沒有口水就好了。所以用你買的粥，加上急救箱裡的碘酒就可以了啦！」

張倩聽完大為讚賞：「明雪，妳的化學程度實在很不錯。妳說的對，唾液裡有一種酵素，叫澱粉酶，可以把澱粉分解成比較簡單的糖。所以用澱粉及碘液就可以檢驗是否有唾液存在。好，那麼，明雪妳拿其中一支棉花棒去做實驗，我在旁邊看著，記住，棉花棒上的唾液一定很少，所以妳的澱粉液一定要很稀。」

明雪點點頭表示了解。

接著她一邊做，一邊解釋給弟弟聽：「現在我從阿姨的工具箱裡拿出一支試管，在裡面加一些水，然後滴入一滴粥，攪拌均勻，這就是稀薄的澱粉液，然後加入一滴碘酒，你看，整個澱粉液變成藍黑色的，這是碘與澱粉反應的結果，表示試管裡有澱粉。接著我把採證過的棉花棒剪斷，讓棒頭的棉花落入藍黑色溶液中，接下來就等候看它的顏色會不會褪去，如果會，就表示棉花棒上沾有口水，所以澱粉被口水裡的酵素分解了；如果不變色，就表示沒有口水。」

張倩說：「好，這個反應在室溫下，大約要三十分鐘的時間才能完成，現在你們先退回自己房間，等我做完蒐證工作後，再來看看有沒有發生顏色的變化。」

姊弟兩人依言回到自己房間寫功課，約半小時後，張倩請他們回到客廳。

「果然如你們的判斷，小偷沒有留下指紋。」

姊弟倆早預料到會有這種結果，所以他們一點都不感驚訝，反而急忙要看茶几上那支正在進行實驗的試管，發現它的藍黑色已褪去，現在呈現的是淡黃色。

明雪興奮的大喊：「太棒了，淡黃色是碘在水中的顏色，表示澱粉已經分解。哈哈，笨小偷不但偷走錢財，還偷喝了這瓶水，他留下最重要的證物——DNA，再也賴不掉了。」

張倩也很高興：「我會把另一支棉花棒帶回實驗室，分析其中的DNA，大約兩天以後就可以知道結果。」

張倩離開後沒多久，爸媽也趕回來了。經過清點，發現失竊的現金只有幾千元，另外媽媽的首飾也不見了，約值幾萬元，幸好損失不嚴重。

兩天後，李雄叔叔通知媽媽去認領首飾。全家人聽說案子破了，很高興的陪媽媽到警局去。

李雄和張倩都在，李雄說：「我們調閱當天晚上的街頭錄影帶，發現在案發時間點，有一個名叫廖長昌的慣竊，匆匆由你們家後面的巷子跑走。於是找他來談話，但是他堅持不承認有到你家行竊，由於證據不足，一時無法逮捕他，本想找明雪來指認，但是張倩勸我稍安勿躁，她說她手上有王牌，只要先採集廖長昌的DNA做比對就可以了。」

張倩說：「我帶回來分析其中的DNA，結果與廖長昌的檢體相符，鐵證如山，這就是我的王牌。」

科學破案百科

唾液是動物口中的液體，由唾液腺分泌，俗稱為口水。人類的口水中 99.5% 是水（所以口水是個很恰當的名稱），其他成分則包括電解質、黏液（由醣蛋白及水組成）、酶（就是酵素）及殺菌成分。

人類和某些動物的口水中含有一種稱為澱粉酶的酵素，可以加速澱粉分解為麥芽糖的反應，所以可以幫助消化。像米飯及甘薯等富含澱粉的食物，在咀嚼時會出現甜味，就是因為澱粉酶把澱粉分解為麥芽糖的緣故。這些酶也可以幫忙分解卡在牙縫裡的食物碎屑，避免蛀牙。

此外，口水裡的黏液可以作為潤滑劑，避免我們在吞嚥食物時，喉嚨遭刮傷。

國家圖書館出版品預行編目資料

科學破案少女(重案版).2,無所遁形的實證/陳偉民著.
-- 初版. -- 臺北市：幼獅文化事業股份有限公司, 2024.03
面；　公分. -- (科普館；18)
ISBN 978-986-449-307-4(平裝)

1.CST: 科學 2.CST: 通俗作品

863.59　　　　　　　　　　　　　　　　112018487

・科普館018・

科學破案少女 重案版2 無所遁形的實證

作　　者＝陳偉民
繪　　者＝LONLON
出 版 者＝幼獅文化事業股份有限公司
發 行 人＝葛永光
總 經 理＝洪明輝
總 編 輯＝林碧琪
主　　編＝沈怡汝
編　　輯＝白宜平
美術編輯＝李祥銘
總 公 司＝10045臺北市重慶南路1段66-1號3樓
電　　話＝(02)2311-2832
傳　　真＝(02)2311-5368
郵政劃撥＝00033368

印　　刷＝崇寶彩藝印刷股份有限公司
定　　價＝320元
港　　幣＝106元
初　　版＝2024.03
書　　號＝936062

幼獅樂讀網
http://www.youth.com.tw
幼獅購物網
http://shopping.youth.com.tw
e-mail:customer@youth.com.tw

行政院新聞局核准登記證局版臺業字第0143號

※本書為《大家來破案》系列改版新製